踊りの場

高《コ》秀《ス》美《ミ》

三一書房

もくじ

I

一つの名前で生きる

わが息子もまもなく二歳になろうとしている。日ごとに、わけのわからぬ生き物から、人間らしさを増しつつある今日このごろである。

時に、ヒスを起こすこともあるが、それは自分の主張したい事が相手にわかってもらえないときが一番多い。

怒りの表現も豊かになってきた。以前はただ単に泣きわめくだけだったのだが、床に寝ころんで足をバタバタさせたり、ぶってきたり、「イヤーッ」と叫んだりで、なんとも騒々しい毎日である。

言葉を使いこなせるようになれば、それもある程度は「おさまる」のだろうが、今はまだしかたがない。彼も私も時期が来るまで待つほかはない。今は、できるだけ衝突を避けるようにするか、避けきれなかったときには互いに被害の少ない形での解決策を見い出すようにしている。——簡単に言えば、大好物のガムで「釣る」とか、である。

几帳面なお母さんの中には「子どもが生まれたその日から育児日記を付け続けたので、もう二〇冊目になります」などと言う人がたまにいるが、私などは、たった一日で挫折しただらしない母親の仲間である。

はっきり言って、育児はいきあたりばったりでわけもわからずやってきただけである。別に無我夢中ということでもないが、一日を振り返ってみる余裕などまるでなかった。一刻一刻ただ追われるようにしてオムツを替えたり、オッパイをやったり、洗濯をしたり……という具合だったので、今さら一日を振り返ってみるなど、考えただけでうんざりしてしまう、というのが私の偽らざる気持ちといえよう。

ただ、私は息子に成長記録の育児日記を渡すことはできなくても、一つだけ伝えておきたいことがあるのである。そのことを書いて残しておこうと思う。

ヨンチョル、君はもう何千回、いや何万回かもしれないが、生まれたその日から呼びかけられた自分の名前を知っているね。

私たちが住むアパートの近所でも、君が通っている保育園でも、みんな「ヨンチョル君」と呼びかけてくれる。

でも、君はまだ何も知らない。

気づくのはいったいいつなんだろう。まわりのみんなが持っている名前とは「なんだか違うみたいだ」と気づきはじめるのは。

ヨンチョル、私が、いや、君のアボジ（父親）、オモニ（母親）である私たちが君にちゃんと伝えておきたいのは、この君の名前についてなのだ。

アボジとオモニは、生まれてくる君にどんな名前をつけてあげようかとずいぶん迷っていたのだけれど、一つだけ決めていたことがある。それは「どこから見ても朝鮮人らしい名前であること」ということなのだった。私の知っている人の中には「一郎」や「信枝」という名前の人がいて、彼らはその日本風の名前を「イルラン」「シンジ」と朝鮮語読みで呼ばせているのだけれど、私たちはそういう名前だけはどうしても避けたかった。

名前に対するこういう「こだわり」の理由を簡単にひと言で言い表すことはできない。しかし「名前は名前である、他の人と区別するための記号にしかすぎない、名前がどうだからといって、その人自身には何もかかわりもないことだ」――そういうふうに無邪気に言い切れる朝鮮人は、この日本にそう多くいない、と断言してもよさそうである。

例えば、ヨンチョル、君の名前は漢字で「栄哲」と書くけれど、これは日本人がよくやるように音読みにして「エイテツ」と読むのでもなく、まして、もっと日本風に凝って「ヨシアキ」と読ませるのでもない。「栄哲」は「ヨンチョル」なのである。

ところが、この栄哲＝ヨンチョルという朝鮮人としてはごく平凡な命名は、思わぬ波紋を投げかけたのである。

すでに三児の母であり、それなりの経験も踏まえてきているコモニム（君のアボジのお姉さん）は「日本語の呼び方も考えてあげたほうがいいわよ。あなたたちの気持ちもわかるけど、まわりは日本人ばかりなんでしょ、ヨンチョルだけじゃ、今は何もわからないからいいけれど、もう少し子どもが大きくなったら友だちから何だかんだ言われるようになるんだから。そうなればきっと恨まれるわよ。栄哲はヨシアキというふうにも読めるから、それも考えてみたら……」と私たちに忠告してくれたし、ハルメ（おばあちゃん）も「日本に住んでいるのだから、何もわからない小さいうちだけでもいいから日本風の名前を考えてあげたら？……龍根はあんなこと言っているけれど、あの子も小さいときは、リュウコン、コンコン、ダイコン、なんて言われてよくけんかして帰ってきたものよ」と話してくれた。

日本名がないことへの反応はこれだけではなかった。民族学校に通う私の妹も「日本の名前はつけないの？」と聞いてきたし、日本の公立中学に通う従兄弟も全く同じことを私に尋ねた。

彼は「ヨンチョルはヨンチョルよ」という私の答えに対して「それじゃ、日本の学校に入れないの？」と問い返してきた。

不思議なことに、「日本の名前は？」と尋ねてくるのは、朝鮮人だけだった。

まわりの親戚を見渡しても、朝鮮の名前と、それを日本風に読ませた名前（ときには全く別個に日本の名前をつける場合もある）を二つ考えるのが普通なのである。例えば、私の名が高秀美＝コ・スミ、高本秀美＝タカモト・ヒデミとあったように。

幼い質問者に対しては「どうして名前が二つなければいけないの？　日本の学校に行こう

が、朝鮮の学校に行こうが名前は一つよ。第一、朝鮮人が日本の名前を持っているなんて変じゃない？」とだけ答えておいた。

しかし、いったいなぜ、朝鮮人（私も含めて）が、「日本の名前」ということにこだわるのか。

ここでヨンチョルに知っていてもらいたいことがある。

かつて、朝鮮は日本によって植民地にされたという歴史があることである。これはそんなに遠い昔の話ではない。君のハラボジ（祖父）、ハルモニ（祖母）が実際にその時代を生きたのだから。

日本の朝鮮に対する植民地政策の基本にあるものは「同化」ということだった。それはつまり、朝鮮人が朝鮮人であることをやめて「日本人」になれ、ということなのである。民族が固有にもつ言語や風俗、習慣が否定され、すべて日本式にすることを強いられた。朝鮮人が名前を奪われたのはその延長線上にあることだ。

朝鮮人が、いかにその先祖を敬い、それゆえその先祖の族譜（系図）を大切にするかは、今の私たちには少し理解しがたいくらいである。その彼らが、族譜に日本名を書き込む、すなわち、族譜を自分の代でのところで汚してしまわなくてはならなくなったときの気持ちはどんなであったろう。

その苦しみを胸に刻印しながら生きてきた私のハラボジ、ハルモニたち（ヨンチョルにとっては曾祖父、曾祖母である）は、もうすでにこの世にいない。

いつだったか、機会があって、私の母方の族譜を見せてもらったことがある。やはり、日本名になっている部分があった。それまでずっと朝鮮名がつづいてきたところで、いきなり「伊藤一郎」……等々と書き込まれてあったのだ。

これを見たときの気持ちはうまく言えないが、やはり「見てはいけないものを見てしまった」という気がしたことは確かだ。

もちろん、この日本名も単に役所に届け出た仮のものであって、ちゃんと朝鮮名も持ってはいたのだが、族譜には日本名が刻みつけられてしまった。

かつて読んだ本の中に、こんな場面があった。どうしても日本名に変えなくてはならなくなり、その名を役所に届け出るのだが、その足で彼は息子を連れて、彼らの先祖の墓を訪れるのである。そして、その先祖の墓の前で父親は息子にこう言うのだ。

「お前の目を見るのが恥ずかしい」と。

族譜の日本名は、先祖に対して、そして私たち子孫に対して、それと同じことを言っているような気がしてならない。

自分の祖国の歴史は、ヨンチョルが大きくなれば、自分でしっかり勉強しておかなければならないが、ここで一つしっかり押さえておいてほしいことがある。

それは、なぜ、日本は朝鮮に対して、その民族性を棄てさせようとしたのか、ということについてである。

民族性を否定させることにやっきになるということは、逆の面から考えてみれば、それは、それだけ朝鮮人の民族意識が強かったということの証明になるのではないか。

手を変え、品を変えて、日本は朝鮮に「同化」を強いたが、結局は朝鮮人が朝鮮人であることをやめさせることはできなかった。数々の民族独立運動によって解放の日まで抵抗しつづけたし、たとえ、日本語を話し、日本名を使うようなことがあってもそれは表面上のことであって、彼らの魂が日本人になりきってしまうことなどなかった。

ヨンチョルの曾祖父母たちは、解放後も三〇年以上この日本に生き続けたが、私たち孫と話す必要最小限の言葉（残念ながら、私はそのとき日本語しか聞き取りしゃべることができなかった）以外はすべて朝鮮語で通していたし――死期が迫るにつれ、日本語を話すことは全くなくなってしまった――その心は、常に自分の生まれた祖国の故郷に在りつづけていた。

ヨンチョル、私たちが生きている時代は、君の曾祖父母、ハラボジ、ハルモニたちが生きた時代とは異なっている。朝鮮が日本の植民地になっているわけではない。

それなのに、どうして日本に住む朝鮮人は日本名を持とうとするのだろうか。

朝鮮人が、自ら日本人になりたい、と思っているためなのだろうか。

そうではない。問題の根は、どうも日本・日本人の側にあるようなのである。

例えば、つい最近こんなことがあった。

ある電気器具をローンで購入することになりサインを求められたのだが、そのとき、朝鮮名でなく、日本名のほうを書いて欲しいと言われたのだ。

この背景を説明するのは少し面倒だ。この販売員というのが朝鮮人であり、彼女は日本名で（つまり日本人ということで）この会社に雇われて訪問販売をしているのである。しかも、彼女は身内のつてを頼って私の家に来たわけであるから、全くのアカの他人ともいえない関係なのである。

ローンで購入することが決まり、いざサインを、というときだった。私はほんの少しためらったのだが、本名、つまり朝鮮名のほうを記入しておいた。ところがそれを見ていた彼女に、

「できれば、日本名のほうを書いてください」と言われたのである。

「ローンの場合だと、ちょっと、朝鮮名では会社のほうで通るかどうか……」

どうしてなのか、と問うたわけでもないが彼女はそう弁解していた。

「やっぱり……」

サインのときのためらいの原因はここにあった。

彼女が全く見も知らぬ他人であり、しかも日本人であれば、私はここでひどく腹を立ててさっさと帰ってもらうところである。だが会社での彼女の立場も考えると、そう単純に怒ってしまうこともできなくなる。

『会社にはもう売れたものとして話が行っているはずだ、しかも身内のつてだということもわかっているのかもしれない。もし私がここで朝鮮名を書けば、彼女が朝鮮人であることを悟られてしまうことになってしまう、それではマズイのか……、いや、「ローンの場合だと」と強調していた、やはり、これまで同じようなケースがあって、会社からクレームがついたのか……』

彼女と私はそれまで一面識もなかったわけであるが、なまじ「身内のつて」であるということから、妙な遠慮が働いて、そのときなぜ朝鮮名、つまり朝鮮人にはローンができないのかを問い質し、さらに、そういう差別的な体質を持つ会社の製品など買う気になれなくなってしまったという私の気持ちを相手にぶつけることができなくなった。

結局「(こういう会社の体質というものは)どうしようもないですね……」と言いつつ、求められたまま日本名をサインしてしまったのである(正確にいえば、私には現在日本名はない。夫は仕事の都合上日本名も使うこともあって、その夫の名字を使ったわけだから偽名ということになるのではないかと思うが)。

日本名を求めた彼女の側の本当の理由がどこにあったのか、それを確かめるにはもう一度会って聞くほかはない。しかし、その理由がどうであれ、彼女がその会社に「日本人として」勤めていること自体がすでに不自然なのである。

「なぜ、朝鮮人ということでは日本の会社に勤めることができないのか?」

いや、もっと正確に言えば「勤めることができないだろう、と判断したのか」となるのかもしれない。そしてその延長として「朝鮮人にはローン販売することができない、会社からクレームがつくかもしれないと判断した」のかもしれない。

本当のところ、その会社がどうなのかは知らない。朝鮮人も雇うかもしれない、ローンだろうと、売れさえすれば朝鮮人であろうと、かまわない、というかもしれない。だが「ダメかもしれない」という自己規制が働くことこそが、すでにその規制を要求している力が存在していることの証明なのである。そうではないか。

実際に、日本人との商取引の場合、朝鮮人が日本名のほうを求められるということはよくあることなのである。その場合の日本人の弁解じみた言い草もたいてい決まっており、「私個人としては（朝鮮名でも）かまわないと思っているのですが……」となる。

ヨンチョルは今、何のためらいもなく自分の名前を受け入れ、どこでも大声で「オンマ！アボジ！」と私たちに呼びかける。

私の妹も小さい頃はそうだった。ところが、四、五歳になってものごころがつくようになると、デパートなど日本人ばかりの人混みの所では「ママ、パパ」と使い分けることを覚えてしまったのである。

いったい何を境に、日本人の前で朝鮮人である自分をさらすことに対して「無邪気」ではなくなり、「自己規制」をするようになるのか。

まだ「白紙」の状態である(?)ヨンチョルの成長を見つめつづける中で、その「何」(ヨンチョルにとっての)にぶつかっていくのだろうが、親としてはやはりいつまでも「白紙」のままであって欲しいと願うばかりである。

それにしても、日本の社会には不可思議なところがある。その人間の「実体」がどうであるかということよりも(たとえ相手が朝鮮人であるということがはっきりわかっているときでさえも)「日本人です」という相手の「言葉」を確認したい、と思うのだから。

そして、この言葉を確認すればそれで安心し、その言葉＝虚像のほうを大切にするのである。だが、これらは日本人特有の不可思議な現象というようにとらえるよりも、戦後日本を支えた「高度の経済論理」から発生したものだと考えるほうが納得がいくようである。

単純な経済論理でいけば、商売の相手がどこの人間であれ、儲かればいいことになる。むしろ、差別みたいなものはないほうが都合がよくなる。ところが、ここに差別＝同化意識を温存するのである。するとどうなるか。

それがまさに、今の朝鮮人をとり囲む日本の社会である。

差別＝同化体制のもとに、ごく例外的な場合を除いて、朝鮮人は大手や一流企業から締め出されている。だがそれは正社員としてであって、何の保障もつかず、いつでも切り捨てられるパートタイマー的な仕事に関してはむしろ「歓迎」されるのではないか。

朝鮮人であることを隠して働いている人間は、やっぱり心のどこかに引け目があるから賃金や労働条件が悪くても大っぴらに会社とやりあうこともできないし、また逆に、朝鮮名で働く人間は「朝鮮人はやっぱりダメだ」と言われたくない、そして会社が左前になってくれば真っ先に切られるのは自分だということを知っているから、どうしてもまわりの人間より無理して働く、ということがあるからだ。今の私がまさにそうである。

こう考えていくと、自分にとって都合のいい（利益となる）場面では「日本人」という仮面を被らせ、都合が悪くなれば「朝鮮人」ということで切り捨てるというのは、いかに日本という国にとっての「経済の論理にかなったやり方」であるか、ということがわかってくる。

朝鮮人が日本名を持つことの背景にあるものの根は深い。それゆえ、すべての在日の朝鮮人に対して「明日から本名で生きましょう」と声を大にして言いきることは、今の私にはできない。ただ言えることは、日本名に対しては、常に意識的な態度をとりつづけなくてはいけない、そうでないと、思わぬところで自分を見失ってしまうだろう、ということである。

例えばヨンチョルのコモニム（伯母さん）やハルメが、「日本名を持っていてもいいのでは……」というのは、朝鮮人と言われて卑屈になってしまうより、日本人としてふるまったほうがあたりさわりがなくていいから、というのでは決してなく、日本社会に蔓延する朝鮮人への度し難いほどの差別意識＝蔑視というものに対しては、とりあえず「方便」として持っていてもいいのではないか、ということなのだ。

対抗しようにも腕力も、知識もないうちは、ただいたずらに傷つけさせるだけだ、ということを彼女たちは自らの子育ての中で思い知らされたからなのである。

ヨンチョル、君のアボジ、オモニはそういうこともある程度は予想しつつも、それでもあえて朝鮮名だけで通すことに決めた。

それは私たちが、まさに「日本名を使い、日本人を装って生活してきた年月」を体験したからこそなのである。

確かに私たちは日本名を持つことで、露骨な朝鮮人差別、蔑視、反感に出会うことがなかったと言えるかもしれない。

しかし、それは私たちがそういうこととは無縁なところで生きてきたということではないのである。私は（アボジの場合とは少し異なるのでオモニのことについて述べておこう）、日本人を装うことによって自分を被差別者の立場から差別者の立場へ位置を転換させ、直接には痛い思いをせずに済んだというだけなのである。

「朝鮮」は日本人にとって愚かで軽蔑すべきものの代名詞であった。小学・中学時代、クラスメートの間で「朝鮮」が話題になるときは常に失笑がつきまとっていた。理由など別にあるわけではない。おそらく彼らの誰一人としてそれまで面と向かい合って朝鮮人と出会ったことなどもなかったに相違ない。

ただ、ニンニク→クサイ→チョーセン、という一連の「発想」をし、それを笑うことがあたかも「私たちは日本人です」という証明であるかのように思いこんでいたのではないか。

私は、この日本人のクラスメートたちに自分が朝鮮人であることを知られるのを恐れた。そして、私もまた彼らとともに笑ったのである。笑うことによって、彼らの側（差別者）へ組みしたのである。

もしもこのとき、私の心の奥底に祖国に対する憧れや誇りというものがなかったら、「日本人になりきってしまう」（国籍を変える）ことをどんなに希求したかわからない。

私に祖国のイメージを文字どおり植え付けたのは私のアボジである。国土は小さくても、今は貧しくても、理想の国を造ろうと皆が手を取り合って働いている……。そこから出てくるものに「暗い」ものなど一つもない。

私を日本の学校へ行かせたのも、日本で学んだ技術を身につけ、それを祖国に持って帰って役立てるようにするためなんだ、と何度言い聞かされたかわからない。そしてふたこと目には「日本人に負けるな！　どんなにできても日本人と同じじゃダメだ」であった。

しかし結果的に私は自分の祖国である「朝鮮」をめぐって全く価値観を異にする世界を常に行き来させられることになってしまった。

もしもこのとき「一つの名前―朝鮮名」だけであったら、私は一つの価値観でそれらの世界を行き来しただけのことだったろう。

価値基準を祖国に置けば、私は手痛い攻撃を日本人から被らざるをえなかったろうが、自分の誇りを守ったろうし、日本という国に基準を見出せば、私は「朝鮮」を日本の前に屈服させ、ひたすら自分の血統を呪うことになったろう。

しかし「二つの名前―日本名を持つ」ということは私にとって何だったのか。

それは差別、偏見が石のつぶてとなって自分のもとへ飛び込んでくるのを避けた、まさにその分だけ、最も大切にしなければならない誇りを自ら傷つけた、ということだった。

それゆえ、日本名を使ってきた年月の思い出にはどうしても行き場のない「敗北感」がつきまとってしまうのだ。

日本人とのかかわりの中で「酸欠状態」だった私が唯一楽に呼吸のできるのは、同胞とともにあるときだけだった。それは家庭であり、いとこたちの通っていた民族学校を訪れるときであり、ハルモニに会うために訪れる大阪の朝鮮市場であった。これらの場で出会う朝鮮人は皆、まさに「ニンニク臭い」朝鮮人であったが、「キムチを食べる朝鮮人がニンニク臭くなかったらおかしいじゃないか」と笑いとばされるような生命力に満ちていて、私を圧倒してしまうのである。私は彼らの前で自分のちっぽけさを感じたが、彼らにはどんなに「敗北」してもかまわない、と思っていた。自分の拠り所はここにあると信じていたからである。

それだからこそ、一つの名前＝朝鮮名で生きるということは、私にとって夢だったのである。おそらく、君のアボジも同じ気持ちだと思う。

私たちがもともと祖国の地に生まれ、暮らし、子どもを持ったのなら「朝鮮人らしい名前」「一つの名前」を、と名前に対してこれほどの思い入れをすることもなかったろう。たいていの親がそうであるように、子どもに明るい未来が訪れることを期待しつつ、呼びかけやすく、人にも覚えてもらいやすい……そんなふうに考えて名前を決めたことだろう。

そしてそういうふうにして決めた名前というものは――当然のごとく――自然に国籍・民族性を持ってしまうものなのである。もちろんこのことは日常生活では意識されない。この場合、名前は他の誰かと区別するための記号と同じようなものとなるだろう。

名前なんてものは、本来その程度のもので十分という気もするが、日本の中で朝鮮名を通すということはやはりそんな単純なことでは済まされない。

私は、ヨンチョルと名づけ、呼びかけてきた、このわずか二年足らずの間にそのことを思い知らされたと言ってよいだろう。

例えば、子どもが生まれる前は、道で出会ってもただ軽く会釈するだけで互いにすれ違う関係だった近所の人も、子どもを連れて外に出るようになると、いろいろ話しかけてくる。

やはり子どもの名を聞かれる。

「ヨンチョルと言います」——そう答えると、一瞬、相手は次の言葉を失ってしまう。そこで私のほうから「朝鮮人なんです」とつなぎの言葉を入れてあげることになる。

つまり「ヨンチョル」は他の誰かと区別するための名前という記号としての意味だけでなく、同時に朝鮮人であることを誇示せざるをえないことになってしまうのである。

もうこのごろでは近所では一通りの人が名前を知っているので、名を聞かれることもほとんどなくなったが、最初のうちは日に何度も名前を聞かれるたびに朝鮮人であることを告げ、なおかつ話のなりゆきとして私たちが日本で生まれ育った状況についてまで説明し……という具合で、いささかうんざりしてしまったものである。

私としても、赤ん坊を見て名前を聞かれることは、単に「かわいいわね」「丈夫そうでいいですね」と同じたぐいの言葉であり、ほんのちょっとした「あいさつ」であることを知らないわけではない。

それゆえ、そこへいきなり「ヨンチョル」「朝鮮人」という言葉を相手に告げるわけであるから、告げられた相手もそうだったろうが、私のほうもかなりしんどかった。

実は私個人としては近所づきあいは全くの苦手の部類であって、できれば顔を見れば挨拶をする程度に済ませておきたいと思っている人間である。だが「ヨンチョル」によって否応なく顔見知り以上の近所づきあいにまき込まれてしまった。郵便受けに書かれた二つの名字に対する誤解（近所では同棲していると思われていたらしい）も、朝鮮の習慣では女の人の名字が結婚後も変わらないということを説明することによって解けたり。という具合に、以前よりも近しい関係がつくられるようになったといえるだろう。

しかし、見知った人との関係ならまだいいのだが、例えば、公園や電車などの人混みの中で「ヨンチョル！」と大声で呼びかけることには、はっきりいって抵抗感がある。

この抵抗感の起因についても、一言でこれだということはできないが、その一つとして「日本人に対する怖れ」があげられる。

さまざまの日本人に出会ううち、私たち（少なくともこの私）は、無意識に自分が朝鮮人であることを日本人の前でさらけ出せるほど無邪気ではなくなってしまったのである。

義母が入院中、同室にいた老人患者の思い出話の中に時折出てくる「朝鮮人」「チャンコロ」の言葉、そしてふだんは良き家庭人であり、外にあっては温厚な紳士とも言える人の口から突然飛び出す「朝鮮人のくせに」という意識、あるいは朝鮮学校の生徒を見かけたというだけで、敵を見つけたというように興奮している高校生。

またつい最近、ある週刊誌にはこんな読者の投稿が寄せられていた。

「韓国の人間は生活に困って日本に来て食わせてもらっているくせに、日本がきらいならしく、ゴタゴタを引きおこし……日本の植民地統治時代のうさを晴らそうとしているらしい。朝鮮人がいなければ、日本はもっと楽しい国になると思う」（『平凡パンチ HEIBON PUNCH』、

一九八四年一〇月号）

彼らの蔑視や敵意、そして無知に対しては、子どもを持つ以前は反発とともに「哀れみ」さえも感じていたのだが、今は恐怖感が加わってきている。

無知な人間は権力に対しては無力な人間であるが、彼が無知である上に差別者の位置にあると（被差別者に比べて差別者のほうが無知である場合が多いように思われる）、彼は被差別者に対してむやみに横暴である。

「朝鮮人であることを知られてしまって、もしも、ここで大地震でも起こったらどうなるか……」

かつての関東大震災において引き起こされた日本の官憲・民衆による朝鮮人大虐殺が二度と繰り返されないという保証はどこにもないのである。

子どもを抱えていると、その子ども自身がまず外力に対して無力であるということ、さらに、その子どもを私がどこまで守りきれるか、という不安が常に頭から離れない。

そのためか、いつの間にか人混みの中では「ヨンチョル！」と呼びかけることが妙にためらわれ、できるだけ名前を呼ぶことを避けるようになってしまった。

まったく情けない話である。母親が自分の子どもの名前を堂々と人前で呼んであげることができないのであるから。

子どもは敏感であるから、すでに察知しているかもしれない――ヨンチョルという名前はあまり人に教えてはいけないのだ、いやそこまではいかなくても、「何かがある」と感じてしまっているかもしれない。

もしそうだとしたら、重大な間違いを犯していることになる。

朝鮮人としての自分にいきつくまでに「二つの名前」の中で自分を偽って生きてきた、という歪みを経てきた私たちにとって、次の世代の朝鮮人が「一つの名前で生きる」ということは夢なのである。

気負いもなく、あたり前の人間として、そして朝鮮人であることをごく自然に受けとめて生きる……そのことの前提として「一つの名前」があったのである。

ところが、「一つの名前」を与えたほうの親自体の意識が「面倒な」ところで「一つの名前」から逃げだそうとしているのだとすれば、子どもはどうなるのか。名前が二つならば、他の名前＝日本名へ逃げ込むのだろうが、「一つの名前」には逃げ場がない。それとも、朝鮮人でもない、日本人でもない、「何者でもない者」にでもなろうとするのだろうか？

私たちが子どもに与えているのは、単に「一つの名前だけ」だったのではないか、という思いがこのごろしきりにしてくる。

朝鮮人をとりまく状況は、はっきり言って変わっていないのだから、そこへいきなり「一つの名前で生きなさい」と投げ出しても、それは彼にとって単に苦行を強いることにもなりかねない。「一つの名前で生きる自分」を支えるものがなければならないのである。

それなのに「一つの名前」を与えればそれで問題の大半は「片がつく」ものと安易に決め込みすぎたのではないか。

私はかつて子どもの頃、母に尋ねたことがある。

「ねえ、どうして私は朝鮮人なの？」

この問いに、そのとき母が何と答えたのか、不思議に思い出せない。

だがその後同じ問いをした覚えがないので、おそらく何らかのかたちで納得してしまったのだと思うが。

しかし、私が母親となった今、やがてヨンチョルに同じことを問われたら、何と答えればいいのだろうか。

この「何」こそが、「一つの名前で生きる自分」を支えていくものなのではないか、と思われる。

ヨンチョル、君のオモニはこの「何」を前にして、はたと考え込んでしまった。

「これこそ、そうだ！」と言い切れるものがつかめない。在日朝鮮人であれば、誰もが納得するであろう「答え」というものはちょっとやそっとでは出せそうもない気がするのだ。

だが、君のオモニとアボジについてならこの「何」についての「答え」を少しは示せると思うので、そのことを書いてこの文章を締めくくろう。

君のアボジとオモニは育ってきた生活環境も異なるし、性格も異なっている。だが「二つの名前」で生きた幼児・青少年期を経て、やがて「一つの名前」で生きる今の自分にたどりついた、ということについては共通の体験を持っている。

そして、私たちは二度と「二つの名前」を持って生きることはないと確信しているのだ。

それはいったい何故か。

一つの名前で生きてきて見えてきたものがたくさんある。

「二つの名前」で生きてきた頃の自分がどれほど歪んだ姿をしていたか、ということに気づいたのもそうである。それ以前は、すべて自分の個人的な性格からくるものだと思い込んでいた。だが、一つの名前を持って初めて、自分がそれまでどんなに歪まされていない本来の自分を希求していたかがわかったのである。

人との出会いについてもそれは言える。まともに、仮りの姿でも虚像でもない私全体として人と接することができるようになったのも、かつてはなかったことである。

そして人との出会いで何より重要だったのはハルモニや親をはじめとする肉親たちとの「出会い」である。

私は「朝鮮人として生きる」というふうに自分を軌道修正していく過程において、生まれて初めてハルモニ、そしてアボジ、オモニたちはどのように生きてきたのか、祖国とは何なのかという問いを持った。

祖国の統一という課題が自分のものとして実感されるようになったのもこの頃である。

「統一なった祖国をハルモニに返してあげよう」、動機はそれだけで十分だった。

しかしハルモニは故郷の地を二度と訪れることもなく、病院の白いベッドの上でその生涯を閉じた。ヨンチョルが生まれるわずか二月前であった。

だが、私はもう、朝鮮から逃げることはもはやできない。それは「一つの名前で生きる」ことをはじめてからの自分こそ、本来の自分であることを知っているからであり、その自分とともに育ててきた人とのつながりを大切に思うからでもある。

そして何よりも、もう誰にも「二つの名前」で生きていくことにともなう歪みや痛みを体験させたくはない。それはもう、私たちの代きりでたくさんではないか。

やがてヨンチョルも成長し、この文章を読む日もくるであろう。そのとき、不思議な顔をして、

「へえ、昔はこんなことがあったの？」

と言ってくれないだろうか。

朝鮮人が朝鮮人として生きられる、それがあたり前だという社会に生きて欲しいと願っているのである。そういうことなら「親子の断絶」も歓迎しよう。

「祖国の統一」はかつて、ハルモニに故郷を返してあげよう、ということと共にあった。

今、私にとってその課題はヨンチョルたち次の世代へ、拓かれた未来を与えるためのものとしてあるといえよう。

最後に近況報告を一つ。

「ヨンチョル」という名前については、思わぬところで困った事態が生じてしまった。

私の叔母はわりあい近くに住んでいて、そこでお好み焼屋をやっているのだが、問題はヨンチョルを連れてその店へ行くとき、なのである。

多くの朝鮮人がそうであるように、この叔母も店では朝鮮人であることを秘している。その理由は今までも書いてきたようにいろいろあるのだが、朝鮮料理屋とは違ってお好み焼屋なんかでは、朝鮮人を前面に出してはやっていけないだろうという叔母なりの処世術として「日本人」を装っているのである。

確かに「私は朝鮮人なんですよ」とあけっぴろげに語る気持ちがくじかれてしまう出来事にぶつかるのは日常茶飯事なのである。

たとえば、なじみになった客とのたわいもない世間話のやりとりの中で、時折、朝鮮・朝鮮人に対する憎悪や差別意識がむき出しになることがある。

少しひそめた声で、「ねえ、ママさん、知ってる？　あそこのつぶれたお好み焼屋、朝鮮人がやってたらしいよ」——同じ朝鮮人でお好み焼屋の叔母としては、

「いったい、それがどうしたっていうの、私だって朝鮮人ですよ。何かそれであなたに迷惑でもかけましたか！」と怒鳴りつけたいところだが、

「ああ、そうだったんですか……」と言葉を濁してしまうのが、いつものなりゆきなのである。

ここは民族意識よりも、経済優先となってしまうのだが、私もまた、小さい頃、親が苦労してきているのを嫌というほど見てきているため、叔母の胸の内にあるやりきれなさが手にとるようにわかるのである。

話は少しそれるが、日本人はどういう嗅覚を持っているのか知らないが、朝鮮人を見分けるのが得意のようである。

私の実家も客商売をし、朝鮮人であることを出さないようにしていたが、親は近所ではみんな知っていたようだと言っていた。

強い民族意識を持っている人は別であるが、生活手段のすべてがその店にかかっている場合、朝鮮人であることが知られたら生計がなりたたないだろう、と思いながら商売をしていくのはなんともやりきれないものである。

ところで、私はこの叔母の店に以前はよく顔を出していたのだが、子連れになってからはどうも行きにくくなってしまったのである。

その理由が、「ヨンチョル」という名前のせいなのである。

子連れだと、どうしても店の従業員やなじみの客などに名前を聞かれたりしてしまうのである。本当にこれには困ってしまった。従業員や客は、このお好み焼屋の女主人と私が叔母・姪の関係にあることをすでに知っているわけであるから、その関係上、私も「日本人」でなくてはならなくなってくるのである。

これまであまり話しかけられないようになんとか避けてきたのだが、この前とうとう「名前はなんて言うの?」と尋ねられてしまった。そこで何と答えたか。

「ヨシアキと言います」と言ってしまったのである。

その客はさらに、

「ヨシアキ君、ママはどこにいるの?」と話しかける。ところが家では「オンマ」なので、ヨンチョルには「ママ」も「ヨシアキ」もまるで意味不明である。

ヨンチョルはそのときただキョトンとしていただけであったが、私は私で「この子はまだ何もわからなくて……」と、それこそわけのわからない言い訳をしながら、頬が赤らんでいくのがわかった。

恥ずかしかった。ヨンチョルに対してである。

いったい、こういう場合、どうすればいいのか?

悩みはつきない。こんななんでもないようなところで、つまずいたり、ひっかかったりしながら、私たちは歩んで行くのだろう。

「一つの名前で生きる」ヨンチョルと、アボジ、オモニの歩みは、今はじまったばかりのところにある。


（「一つの名前で生きる——息子とともに」『海峡』13号、社会評論社、1985年）

「ハルメのお話をしようね」

昔、昔、ハルメがまだ子どもだった頃の話をしてあげようね。

ハルメが生まれたところは、慶尚北道の義城郡というところよ。そう、朝鮮で生まれたの。地図で見てみようか――これが、ヨンチョルやオモニ（お母さん）やアボジ（お父さん）たちの国の朝鮮。何の形に似ているかな。ほら、ウサギが横向きに立ってチンチンしているみたいでしょ。ハルメの生まれた義城郡というところは、ウサギのおしりのところにあるね。

ハルメの家はその義城郡の丹村面というところにあったそうだけれど、「丹村駅」という駅があって鉄道も敷かれていたくらいだから、ちょっとした町だったみたいね。

ハルメの家はもとはその駅から歩いて七、八分くらいのところにあって大通りにも面していた大きな家だったらしいのだけれど、だんだん貧しくなるにつれて、少しずつ駅から離れていくし、小さな家に引っ越すようになったそうよ。最後に住んでいた家は駅から遠く離れた山のすそのほうにあったけれど、少し小高くなっているせいか、駅からのびる大通りやなんかがよく見渡せたんだって。ハルメはこの家で生まれたの。

赤ちゃんは、ふつう一〇ヶ月の間、オモニのお腹の中にいて、それからオギャーと生まれてくるの。ヨンチョルだってそうだったよ。

でもね。ハルメはオモニのお腹の中には八ヶ月しかいなくて、だから、二ヶ月も早く生まれてきてしまったんだって。早くオモニの顔を見たかったのかな。

だから、少し大きくなってからも、とても体が弱かったの。いろんな病気をしたけれど、その中でも一番大変だった病気は〈トドンノム〉という名前の病気だったんだって。

トドンノム

えっ、もう一度言ってって言ったの? 〈トドンノム〉、日本語にすると「泥棒」ということよ。おかしな名前だけど、それは本当に大変な病気だったの。

ヨンチョルみたいな小さな子どもや——あっ、ヨンチョルは「大きいお兄ちゃん」だったね——ハルメやハルベ(おじいちゃん)みたいに年とった人がその病気にかかりやすかったそうだけれど、この病気のために死んでしまう人はたくさんいたんだって。それでね、ハルメのオモニやアボジは、よその人から「こうすれば治りますよ」と言われることは何でもしたそうよ。

どんな病気かって? 熱が出る病気なの。熱が出る時期は決まっていて、「山に青物の出る頃」だったって、ハルメが言ってたよ。

「青物が出る頃」というのはね、ヨンチョルはまだ食べたことがないけれど、トラジに似た草だとか、朝鮮ではよく食べる山菜があるらしいの。そういう草が山に生えてくるようになると、みんなで総出で山にとりにいくんだって。ハルメが熱の出はじめる時期は、ちょうどその頃だったそうよ。昔の暦でいうと、旧の四月から五月になるけれど、この時期に一日一回すごい熱が出るの。

旧の四月から五月っていうと、今の六月から七月に当たるかな。だから、もうずいぶん暑くなる季節だったのね。熱が出る時間も決まっていて、一日のうちで一番気温が高くなる真昼の一時間ぐらいの間だったの。

これが二ヶ月も続くんだって。

熱が出る前は全然何ともないんだけれど、その時間がくると、とたんにバァーッと熱が出てしまって、その時間が済むと、またケロッとして何ともなくなる……って、ハルメは言ってたけれど、おかしな病気ね。熱が出はじめると、もう寒くて寒くて、口をこう閉じようとしてもアゴがカタカタ鳴ってどうしようもないんだって。

それでね、ハルメのオモニは、夏なのに冬の綿ふとんを出してきてすっぽり体をくるんでずっと抱いていてくれたんだって。それでもやっぱり寒かったそうよ。昔のことだから家に体温計なんかもなくて一度も熱を計ってみたこともなかったそうだけれど、ずいぶんひどい熱だったみたいね。この病気にかかった人は、この熱が毎日出る人と一日おきくらいに出る人がいたそうだけれど、毎日出る人のほうが早く体が弱って死んでしまう事も多かったの。

その頃、ハルメの住んでいた村では、この病気はそれほどめずらしいものではなかったそうだけれども、原因や治し方はよくわからなかったみたい。たぶん蚊にさされて、その蚊が持っていた菌が体に入ったためにこの病気になったのだろう、ってハルメは言っていたけど、こわい病気だったのね。「泥棒」病という名前がついたのも、きっと病気を治そうと、いろんな薬を飲ませたり、お祈りをしてもらったりするために、とてもお金がかかってしまうので、まるでこの病気にお金をとられてしまうような気がしたから、そう呼ばれたのかもね。

さっき、ハルメのアボジやオモニは、この病気を治そうと、いろんなことをしたって言ったけれど、病院のお医者さんにみてもらったことは一度もなかったんだって。ハルメの住んでいた村には病院なんてなかったの。

大きな町に出れば病院もあったそうだけれど、昔の人はあんまりそういう病院をあてにしていなかったみたい。大抵の人は、薬草をせんじて飲んだり、祈禱師におはらいしてもらったりして病気を治そうとするものらしいの。じゃあ、どうやってハルメの病気は治ったのかって？ その話をしてあげようね。

パンソクでぐるぐる巻き

確か、この病気になったとき一番初めにさせられたことは、こんなことだったたって。

ゴザって知ってるでしょ。たたみでできた敷物のことよ。日本のゴザは四角い形をしているし、薄いでしょ。でも、朝鮮のは丸い形でとても大きいものなの。夏になると、庭にこのゴザを敷いておいて、そこで仕事をしたり、遊んだりできるくらいよ。朝鮮ではこの敷物のことをパンソクといってゴザというより、わらで編んだじゅうたん、といったほうが近いかもしれないわね。

それで、このパンソクなんだけど、誰か家の人が近所の人から聞いてきたらしいの。「病人をパンソクでぐるぐる巻きにして、黒牛にまたいでもらったら、きっと治るよ」ってね。それで、本当にやってみたんだって。

パンソクにぐるぐる巻きにされたハルメは、牛に踏まれてしまうような気がして、ギャーギャー泣き叫んだの、でも牛も下に人間がいるっていうことを知っているのか、踏みつぶしたりしないでちゃんとまたいでいったそうよ。話で聞くと、そんなに恐くないと思うかもしれないけど、牛の顔ってどのくらい大きいか知らないでしょ。近くで見ると本当にびっくりするくらい大きいんだから。今度、見てみようね。オンマだって、こんなことされたら、きっと泣いてしまうと思う。このとき、ハルメの年は七、八歳ぐらいだったの。

このほかにも、いろんな事をしたそうよ。熱がでている間、横になって寝ちゃいけない、というので、無理に歩き回されたりね、でもなかなか治らなかったんだって。

おまいりもしたそうよ。おまいりって知ってる? 病気を治して下さいって神様なんかにお祈りすることかな。おまいりするときには、うるしという木があるんだけれど、その木のところにいって、お酒なんかをお供えしてくるの。その時に、はた織をする時に使う木のすきグシのような物があるんだけれど、その古くなったのもいっしょにお供えするの。

はた織機って、洋服なんかの生地があるでしょ、その生地を織る器械のことよ。昔、朝鮮では、どの家にもそのはた織機が置いてあって、ふだん家で着るような麻や木綿の着物はみんな自分の家で織って作って着ていたの。すきグシというのは、オンマも見たことがないけれど、布地をようーく見ると、縦の糸と横の糸が組み合わさってできているでしょ、布地を手で織るときは、横の糸を一本、一本通していくの、このとき横の糸がきちんと織り重なっていくように、カタン、カタンと軽く押さえるクシのようなものだったと思うよ。

昔の人たちがなんでうるしの木に、このはた織りの道具をお供えしておまいりしたら病気が治ると思ったのか、オンマにはよくわからない。でもね、きっと理由があったはずよ。

このおまいりの他には、薬ももちろん飲まされたんだって。それもものすごく苦い薬。

ハルメはこの薬を飲むのがいやでたまらなかったの。だから口を開けなかったんだって。そうするとね、オモニに鼻をつままれちゃうの。

口も閉じて鼻もつままれたら息ができなくなるでしょ。

ハァーと口を開けて息をしようとしたとたんに、口の中に薬を入れられてしまったって。

この薬はわざわざ大きな町まで行って買ってきたらしいけれど、全然効かなかったそうよ。

ハルメはこの病気に、二年間ぐらい、夏の間に繰り返してかかっていたんだけれど、たぶんこれで治ったのでは、というのはこういう方法だったの。

ビックリ療法

　これもやっぱりよその人から聞いたものらしいけれど、夜中にね、岩山にあるうるしの木におまいりすることになったの。ああ、そうそう朝鮮ではおまいりっていうと、必ず夜中にやったそうよ。

　それでね、山におまいりにいく、ときいただけで恐ろしくなって、最初のうち、ハルメはどうしても嫌だと駄々をこねたの。ハルメのオモニはなんとかして行かせようと思ってね、ハルメが前からとても欲しがっていた赤いくつを買ってくれたのよ、「この赤いくつをはいてオモニとオッパ（お兄さん）と三人でいっしょに行こう」ってね。

　それで、ハルメはその赤いくつがやっぱり欲しかったのでこわかったけれど、しかたなしに行くことにしたの。今では、電気があるから、夜でも明かりなしで歩けるけれど、昔の朝鮮は、月が出ない晩は本当のまっ暗やみになってしまったそうよ。ヨンチョル、手で目をおおってごらん、ほら、まっ暗でしょ。こんな風になってしまうのよ。

　その晩は、とても月明かりのきれいな夜だったの。山の中にあるうるしの木のところまで行くというので、細い道をてくてく三人で歩いていくんだけれど、やっぱり怖くてたまらないの。

月が出て明るいから、むこうのほうにある山なんかが見えるでしょ、そうするとね、その山がハルメたちのところにワァーッとおそいかかってくるようにも見えるんだって。それに道わきには川があって、ゴーゴーものすごい音で流れていく音がするんだけれど、川は見えずに音だけが聞こえてくるの。なぜってね、川岸にはアカシアの木がびっしり生えているから、川が見えないんだって。

しばらく歩いていくと、オッパが、「おしっこがしたくなった、先に行って向こうで待ってる」と言ってスタスタ走って行ってしまったの。それでハルメはオモニと二人で歩いて行くことになったのだけれど、またしばらくすると今度はオモニが「オモニは疲れたから、少しここで休んでいくよ、オッパがむこうで待っているから、ちょっと一人で歩いておくれ。オモニもあとからすぐ行くから」と言われたんだって。しかたなしに、一人で行くことになったのだけれど、もう怖いの怖くないのって、たいへんだったの。

だってね、オッパにすぐ追いつけると思ったのにどこまで行ってもオッパには会えないし、後からオモニもこないし。

ハルメはもともとこわがりでね、こわくなると目をつぶってしまいたくなるんだけれど目をつぶったら、歩けないでしょ。しかたなしに目を開けて思いっきり走っていくと今度は自分の影や足音がまるで何かが追いかけてくるみたいだって。

そしてね、風で草むらがザワザワと揺れるとオオカミなんかが出てきそうで、もう心臓が飛び出してしまいそうなくらいドキドキしてこわくて、ワァーワァー泣きながらかけ出していったの。

そのとき、だったの。草むらから、突然「ワァッ！」という声といっしょにとび出してきたものがあったんだって。

このときハルメはショックで気を失ってしまったのよ。

後で聞いたら、草むらに隠れてハルメを驚かせたのは、オッパのしわざで、こうやって驚かせる、ということはハルメだけには秘密にしておいてオッパとオモニで最初から決めてあったんだって。

不思議なことに、このあと病気が治ってしまったの。びっくりして治ったから〝ビックリ療法〟、おもしろいでしょ。今度ヨンチョルが病気になったら、〝ビックリ療法〟で治してあげようか。

えっ、いや？　オンマが病気になったらやってくれる？――オンマも嫌だな。

ああ、それからね、せっかく買ってもらった赤いくつの事だけれど、山道をめちゃくちゃかけ出していったときに途中で片一方をなくしてしまったんだって。次の日さっそく探しにいったけれど、どうしても見つからなかったって。もったいなかったね。

おーい、カラスよ、酒のんでけー

さっき、ハルメのことを驚かせたオッパのことを話したけれど、ハルメにはオッパが二人いたの、さっきのオッパは小さいほうのオッパよ。ハルメよりも六歳年上で、ハルベと同じ年だというから、生きていたら、ハルべみたいなおじいちゃんになっているけど……そう、ずっと昔、朝鮮でね、死んだの。なんで？ そうね。その話はまた今度してあげるから、きょうは、そのオッパの上にいた、大きいオッパのことを話そうと思うの、聞いてくれる？

ハルメがまだ朝鮮にいた頃、ハルメはこの大きいオッパのことはほとんど知らないの。なぜってね、ハルメがまだオモニのお腹にいて、もうまもなく生まれてくる、という時にこのオッパは日本に来てしまったからよ。

でもね、ハルメのオモニは、この大きいオッパがまだ子どもだった頃の話を何度もしてくれたんだって。

それはね、このオッパがまだ七歳ぐらいのこと。その頃ハルメの家は、とてもひどい貧乏をしていてね、もう食べる物が何もなくなってしまったことがあったの。

最初から貧乏をしていたわけではないのよ。ハルメのアボジの家は、もともと広い土地をもった地主でね、このアボジは四男だったけれど、結婚するときには土地も分けてもらったし、大きな家にも住んでいたんだって。

でもね、お酒が好きで、賭事が好きで、その上、本当にお人好しだったの。自分に全然関係のない人でも何か人が困ってる、という話をどこからか聞いてくると、わざわざ借金してでもその人にお金を持っていってあげたりするほど、だったんだって。

それにね、お酒が好きだといっても、飲めば陽気で、どんな人にも酒をすすめるので、しまいには「おーい、飛んでいるカラスよ、酒飲みに寄ってから行け」なんて、アボジのことをさして歌った歌があったほどだったの。

そんなに人がいいのに、世の中にはそういう人をだましてお金をとろうとする人がいるのね。ハルメの家がだんだん貧乏になったのは、ハルメのアボジが賭事好きだったせいもあるけれど、このアボジが酒を飲むと気前がよくなることにつけこんで、どんどん酒をすすめて、知らぬまに土地をだましとる証文にサインをさせたり……そんなことが重なったためだったの。

ハルメの家は、そんなことがあるたびに、しだいに小さな家に引っ越すことになって、住んでいた村は変わらなかったけれど、その村の中を、一二回も引っ越したそうよ。一番最後に住むようになった家は、最初に住んでいた大きな家のすぐ近くにあって、それも、もともとは、ハルメの家のもので人に貸していた家だったの。その家からたんぼにいくたびに元の大きな家の前を通るのだけれど、初め、ハルメは何も知らずにオモニにこう言ったんだって。

「大きくて、りっぱな家ね。この家に住んでいるのはどんな人かしら。私も一度こんな家に住んでみたいわ」

日本の昔の侍屋敷のように、大きな門があったというから、本当にりっぱな家のようだったけれど、もとはといえば、ハルメの家だったはず――ハルメのオモニは、このときどんな気持ちだったかしら。

ハルメのオモニはそれからはこの家の前を通らないようにわざわざ遠回りして畑に行ったそうよ。

オモニ、泣かないで

それでね、さっき、とてもひどい貧乏をしていたことがあったって言ったでしょ。後にも先にも、これほど貧乏をしたことはなかったって。ハルメはこのときまだ生まれていなかったけれど、チュファンという一番上の兄さんと、プーノギ、チェオクという二人の姉さんの三人の子どもがいてね、みんなまだ小さかったでしょ、だからハルメのオモニはお腹をすかせた子どもたちに何も食べさせてやることができなくてそれが悲しくてたまらなかったの。

ハルメのアボジはあんなに人の好い人なのに、賭事やお酒をやめてはくれないし、……もうハルメのオモニは三人の子どもたちといっしょに死のうと思っていたんだって。

朝鮮にはね、ふだんご飯食べたり、寝たりする家とは別に、女の人がはた織りしたり、米をついたり、粉をひいたりする小屋があってね、その小屋の中で、三人の子どもたちを、こう抱きしめながら、ハルメのオモニは泣いていたんだって。もう、ダメだ、死ぬしかない、と思っていたのね。

そうしたらね、このときまだ七歳だった、チュファンオッパが、オモニにこう言ったんだって。

「オモニ、ね、オモニ、泣かないでよ。僕が大きくなったら、たくさん働いてアボジがとられてしまったものは、みんなオモニにとりもどしてあげるから……ね、だからオモニ、泣かないで」とね。

この言葉に、ハルメのオモニは雷にでもうたれたようになってしまったの。

子どもたちといっしょに死んでしまおうなんて、なんてバカなことを考えていたんだろう。このかわいい子どもたちのためなら、何だってできるじゃないか、もう二度と死ぬなんてことは考えまい、とね。

ハルメのオモニは辛いことや悲しいことにぶつかるたびに、あのオッパの言葉を思い出してがんばったんだって。ヨンチョル、ヨンチョルもハルメのオッパに感謝しなくちゃいけないのよ。

だってね、あのときハルメのオッパがオモニにああ言ってくれなかったら、みんな死んでしまって、ハルメが生まれてくることもなかったし、そうなればヨンチョルのアボジだって生まれてこなくなって、ヨンチョルも生まれてこなかったでしょ。

だから、ヨンチョルが今こうして生きて、おいしいものを食べたり、みんなと楽しくおしゃべりできるのも、ハルメのオッパがいてくれたからって言えるでしょ。

ああ、そうそう、このオッパはね、大きくなって日本に働きに出たけれど、毎月毎月ちゃんと仕送りをしてくれたって。楽に働いて残った分を送ってくれたんじゃないのよ。その頃はもう日本で結婚もして子どもも五人も生まれて、自分たちが生活するのにせいいっぱい、というくらいだったらしいの。それでも、「アボジの酒代」に、といって毎月お金をかかさず送ってくれたそうなの。

ハルメのアボジにそのまま渡してしまったら、本当に酒代にして飲んでしまうから、内緒にして、そしてそのお金で家族みんなが暮らしていけたんだって。

七歳のときにオモニにした約束を、本当に守ったのね。

日本の字の勉強なんかしてはならん

一番上のオッパはこんなに親やきょうだい思いだったけれど、二番目のウンファンオッパは逆に親に反抗して困らせてばかりだったの。

ハルメもこのオッパには何度も泣かされたんだって。例えば、日本のアイウエオみたいなものが朝鮮にもあって、カギャ表というんだけどね、それをハルメに教えてくれたりするんだけど、ハルメがまちがえて答えたり、わからなくてぐずぐずしたりしていると、ナイフを持ってきて、その字の所をくるりと切りとって捨ててしまうんだって。

「あっ、わからないのか、そんならこんな字はいらないな」と言ってね。

オッパがこわい顔してにらみつけるから、ハルメは何とか一生懸命まちがえないで答えようとするんだけど、そうやって緊張すればするほど何の字なのかわからなくなって、しまいには泣き出してしまう、ということが何度もあったんだって。

オッパとハルメが二人きりのときはこんな意地の悪いことはしないし、やさしいのだけれど、親の前だとわざといじめるの。

オッパは、親に反抗していたのね。反抗？　反抗っていうのは、言うことを聞かない、ということかな。

このオッパ、本当は学校へ行って勉強がしたくてたまらなかったの。でもどうしてもアボジが学校に行かせてくれなかったんだって。日本の字の勉強なんかしてはならん、といってね。

どうして、ハルメのアボジがそんなこと言ったのだと思う？

その頃、朝鮮という国はあったけれど、なかったの。えっ、そんなの変？　そうね。

簡単に言うと、朝鮮は無理矢理、日本という国の一部にさせられてしまっていたの。

この前、地図を見たでしょ。日本人は、あの海を越えて朝鮮にやってきて、「今日からここは日本だ、だからこれからは、朝鮮語で話してはいけないし、服だって日本風の着物を着なくてはいけない。名前も金や李なんて朝鮮の名前ではなく日本の名前に変えなくてはならない……」と言ったの。

ずいぶん、めちゃくちゃな話でしょ。でも一度、植民地というものにされてしまうと、こんな風にして国が消されてしまうのよ。

もちろん、そこに生きる人たちは当然反発するわよ。だって、自分から「私は今日から日本人になりたいから日本人になるんだ」って決めたわけではないのに、ある日突然「日本人になれ」と言われたってなりたくもないし、なれるわけがないでしょ。

ハルメのアボジもそう思っていたの。その頃学校で習うことといえばやっぱり日本語や日本の歴史なんかだったから、そんなことを勉強させに子どもをやることなんか、考えられなかったの。

ハルメのオッパは日本人になりたかったのではなくて、ただ勉強がしたくてしたくてたまらなかったんだって。でもアボジがどうしても学校へやらしてくれないものだから、毎日のように学校へいっては、窓の外から授業を盗み聞きしていたの。あんまり熱心なものだから、とうとうある日、その学校の日本人の校長と先生が二人して家にやってきたんだって。「あんなに勉強したいとおもっている子を学校にやらないのはかわいそうです。お金はいりませんから、学校にやらしてあげてくれませんか」とね。

それでも、アボジは行かせてくれなかったの。

アメを買っとくれー

それでオッパはもっともっと反抗するようになったの。何度も家にある米やお金を持ち出しては家出をしたんだって。お金を失くしては、家にもどってくるのだけれど、もちろん、アボジのいない時を見はからって帰ってくるの。見つかったらそれこそたいへん、ある時なんかめちゃくちゃなぐられて、それからひもでしばられて高い木につるされたこともあったんだって。

それでも、しばらくすると、また家の物を持ち出して家出をしてしまうんだけどね。

家出？　家出っていうのはね、アボジやオモニのいる家を出て、自分で働いて生きていくことよ。ハルメのオッパは、アボジがどうしても学校へやってくれないものだから、それなら家を出て、働いて稼いだお金で学校へいこうとしていたのかもしれないね。

でも、お金を稼ぐってむずかしいことなのよ。ハルメのオッパは、ある時、アメ売りをしてお金をもうけようと家出をしたことがあったの。ヨンチョルはアメが大好きでしょ。今だったらチョコとかクッキーとかいろんなお菓子があるけれど昔はそんなものがなかったから、朝鮮でも子どもたちはアメが大好き。

だから、アメを売ったらもうかるぞって、思ったのね。アメ売りといっても、ヨンチョルにはわからないでしょ。本当は、このオンマも見たことがないからよくわからないんだけど、ハルメに聞いたらね、四角くて薄い箱を三段に重ねたものをこう両手でかかえて「ヨッ サセヨー」（アメを買っとくれ）と大声を出して歩くんだって。ほら、駅弁とか映画館で見たことがあるでしょ。ちょうどあんなふうな格好なの。四角い箱にひもがついていて、そのひもを首にかけて歩くの。

ハルメのオッパもさっそくやってみるんだけど、今までそんな事一度もした事がないでしょ。だからなんだか恥ずかしくて、「ヨッ サセヨー」と大声で言えないの。やっと声に出して言っても人のいないところで言ったり。そんなことをしたら売れないよね。

でもね、子どもたちはアメ売りの姿を見つけるとすぐに集まってくるの。みんな欲しくてたまらないのね。だからアメ売りがくるとすぐにアボジやオモニにねだって買ってもらおうとするんだって。

でも、いくら親にねだっても買ってもらえない子もたくさんいたの。家が貧しくて、オンマやアボジが子どもにアメを買ってやりたくても、そのお金がなかったのね。そういう家の子どもたちは、自分がアメを買ってもらえない、と知っていても、ずっとアメ売りのあとをついてくるんだって。何も言わずにね。

そしてアメを買う人がいると、やっぱり何も言わずにじっと見ているんだって。昔のアメは、今みたいに小さくて一つずつ紙にくるまれているわけではないの。四角の大きな厚い一枚の板のようになっているから、売るときはノミを使ってトンカチでコンコンと割ってそのかたまりを、はい、いくらです、といって売るの。そうやって売るようすを、じっと見ているんだって。オッパはだんだんかわいそうでたまらなくなってきてね、割りそこなったアメのかけらなんかはつい、そういう子にあげてしまうの。そんなことばかりしているものだから、とうとうアメを売ってもうかる分よりただであげてしまうほうが多くなって、もうけるどころか損してしまったんだって。

このオッパは、ひげが濃くて、眉もぐっと太くて二重の目をしていて、にらみつけられるとふるえあがってしまうくらいこわかったってハルメは言ってたけど、でも本当はとてもやさしい人だったのね。

暗やみで、グニャー

このオッパの事を話せばきりがないってハルメは言ってたけど、こんなこともあったって。その日は、ハルメのアボジの実家のほうで法事があった日だったの。家出していたオッパはアボジが必ずそっちに出かけて家にいないことがわかっているはずだから、きっと帰ってくるにちがいない、とハルメのオモニは待っていたの。

それに次の日はオモニの誕生日で、法事帰りのおじさんやなんかもいっしょに集まってみんなで食事をする決まりになっていたから、この日ぐらいはきっと帰ってきてくれるにちがいないと思っていたのね。

オモニはまだ朝の明けないうちから、オッパがいつ帰ってくるかと、そわそわしながら待っていたんだって。別に特別なごちそうをするわけではなくて、白いご飯と肉のスープぐらい。でも、これだってその頃はごちそうだったの。いくら自分でお米を作っても、朝鮮人は食べられずに、供出といって日本へ出さなければならなかったから。だからハルメの家ではお祝いのときに食べるお米なんかは日本人に見つからないように隠して、こっそり食べるようにしていたんだって。ああ、それで、さっきの話だけれど、ハルメのオモニは息子がいつ帰ってくるかと、ずっと待っていたの。

この前、お米をついたりする小屋があったって言ったことがあるでしょ、その小屋からこう首をのばして外を見ると、表の大通りがよく見えたんだって。オモニは、そこで仕事をしながら、何度も何度も「こない、こない」とぼやきながら外を見るんだけれど、とうとうその日は帰ってこなくて、オモニはもう半分怒っていたの。

そしたら、次の日、そうオモニの誕生日に朝早く、オッパが帰ってきたんだって。手に大きな牛肉の塊りの入った包みを持ってね。めったにそんな肉は買えなかったのよ。でも、オッパの顔を見るなり、オモニはもうれつに怒り出してしまうの。「肉なんかより、早く帰ってくれるほうがうれしい、そんな肉なんかいらない！」

オッパが「じゃ、どうするんだ」って聞いたから「どこへでも捨てておしまい！」と言ったんだって。

オッパは、オモニの誕生日にみんなで食べられるように、と牛肉を買ってきたのに、いきなりそんなことを言われたものだから腹を立ててしまって「そんなら、捨ててくる」と言って、プイとそのまま家を出てしまったの。

しばらくたってから、オモニはハルメに言ったんだって。

「本当にどこかに捨ててしまったのか、ちょっと見てきておくれ」

それで家の中を探したんだけれど見つからなくて、最後に、便所の中を見てみたんだって。便所といっても、家にあるような、水がじゃーと出てきておしっこやうんちを流してくれるものじゃないのよ。くみ取り式といってね。下に溜めておくの。だから下に見えるのよ。なんだかすごくくさそうね。でも溜まったうんちなんかは、入れ物にいれてたんぼや畑に持っていってこやしにするの。きたなくないのよ、昔の人はみんなこやしをかけて作物を大きく育てたの。

それでね。また便所の話なんだけど、お尻をふくときは何でふくと思う？　紙じゃなくて、わらを束ねたものなんだって。わらって、草が乾いたようになったものなんだけれどなんだかこれでふいたらお尻がチクチクして痛そうね。わらでお尻をふくから、うんちの中にはこのわらもまざってしまうでしょ、そうするとこやしにするために溜まったうんちなんかを入れ物に入れるとき入れづらいものだから、長い棒がその便所の穴の中にはずっとさしてあるんだって。その棒でかきまぜて、わらを別により分けるの。

ハルメが、便所の下の穴をのぞいてみたとき、なんだか、この棒で中をかきまぜたようなあとがあったんだって。それに便所のまわりには、牛肉を包んで血のついた新聞紙のちぎれたのなんかがあってね。

それで、そのことをオモニに話したの。

「オッパは便所に肉を捨てちゃったみたい、中をかきまぜたようなあとがあったよ。それに、包み紙もそこに落ちてた」

こうオモニに言うと、もうワァッと大声で泣き出してしまったんだって。自分が怒って捨ててしまえ、と言ったら、本当に捨てて出ていってしまうなんて……と言ってね。

ずいぶん泣いていたけれど、いくら泣いてもオッパも肉ももどらないのだから、もうあきらめてそろそろみんなもやってくるころだし、ご飯をたくことにしたの。

お米は、壁の一番高い所の押し入れみたいな場所に隠してあって、いつもハルメがそれをとる役目でお米を探すんだって。でもいつも取りに行かされているから、だいたいはどの辺にあるか知っているわけ。そろそろと手をのばしていくんだけれど、そのときだったの、何か冷たくグニャーとしたものをつかんでしまったのは。

ハルメはもう、ギャーと叫んで後ろにひっくり返ってしまったんだって。

何だったと思う？　ハルメは何をつかんだのかな……牛肉だったのよ。オッパが便所の中に捨ててしまったと思っていた牛肉。

オッパは捨てたふりをして、ちょっとオモニをびっくりさせてやろうと思ったんじゃないかしら。ほら、せっかく誕生日だからといって買ってきたのに、怒られたり、捨ててしまいなさいなんて言われてしまったものだから、くやしかったのね。

でも、やっぱりオモニやみんなに食べてもらいたいと思っていたから、牛肉を隠しておいたのね。みんなでお米のご飯を食べることを知っていたから、後でお米をとりに来たときに見つけられるように、そのすぐそばに牛肉を置いといたわけ。

おもしろいことするオッパね。

でも、ハルメのオモニはこのことを知ったときに、またワンワン泣いてしまったんだって。牛肉を食べられたからじゃないと思うな。

オモニはあとでその肉をスープにしてみんなに分けてくれるときも「あの子は学校へやってくれないものだから、ぐれて反抗ばかりしているけれど、本当は心のやさしい子なのよ」って何度も何度も泣きながら言うの。オッパのやさしさがうれしくってたまらなかったのね。

でも、オッパはこのとき家を飛びだしてからまた帰ってこなくなっちゃうの。

やさしいけれど、やっぱりオモニの心配の種がこのオッパだったのね。

さあ、今日はこれでお話はおしまい。続きはまた今度にしようね。

＊　＊　＊

「一つの名前で生きる」ということは、朝鮮人として生きていくことのほんの始めのワン・ステップにしかすぎない。いや、それ以前と言える場合もある。

名前は、子どもにしてみれば単に親から与えられた「呼び名」にしかすぎない。その名前がいかにまわりの日本人の友だちとかけ離れた言いまわしをもっていようが、そこから朝鮮人としての自覚が生まれてくる余地は現在のところ（息子は三歳）ない。むしろ、そういう名前の日本人として自分を自覚することのほうが自然ではないか――この不安を見事に的中させてくれた出来事があった。

風呂場での息子との会話を再現してみよう。（以下、ヨン＝ヨンチョル↓息子、オ＝オンマ↓私）

ヨン＝オンマ、ハルベはどうしてしゃべれないの？

オ＝えっ、ちゃんとしゃべれるよ。

ヨン＝だって、しゃべるとき、ムニャムニャムニャってへんな言葉でしゃべるよ。

オ＝ああ、そのこと、朝鮮語でしゃべっているのよ。朝鮮人なんだから、朝鮮語でしゃべるの。へんな言葉じゃないよ。

ヨン＝ヨン君、日本人だよ。

オ＝（一瞬、絶句、気をとり直して）ヨン君は日本人じゃなくて朝鮮人なの。

ヨン＝イヤだ、日本人だよ。

オ＝ヨン君、ハルベは朝鮮人でしょ、そしてハルメも朝鮮人だし、ヨンドギお兄ちゃんも、……も、……も（親せき中の名前を持ちだす）……、そしてね、ヨン君のアボジもオンマも朝鮮人なのよ。だから、ヨン君も朝鮮人なのよ、わかる？

ヨン＝うん。

オ＝ヨン君は、何人？

ヨン＝チョーセンジン。

いつか、こんな瞬間がくると思っていた。しかしこんなに早く、こんな形でやってくるとは全く予想をしていなかったので、内心動揺していたと言える――どう答えたら納得してくれるだろう。

このときはとっさに、私たちと血のつながりをもつ人々の名をあげて、強引ともいえるやり方で朝鮮人ということを納得（？）させてしまった。

だが、今、冷静な状態で考えてみても、それ以上の答えが私には考えられないのである。

朝鮮人として生まれてきた自分を認めるには、今の自分にひきつがれてきた生命のつながりを認めることからはじめるより他に方法はないはずだ。

生命のつながりの果てに私たちはあって、そして私たちが生命のつながりの起点にいるということを知りそれを大切に思う――朝鮮人として生きるということは、何も特別なことではない、あたりまえのことなのだ。

（「ハルメのお話をしようね」『海峡』14号、1987年）

ヨンチョルへ

ヨンチョル、私は生まれたてのあなたに初めて出会ったとき、どれほど不安であり恐れを感じていたことでしょう。

「刷りこみ」という言葉があります。生まれたての動物の子どもが、最初に出会った存在を親と思い込み、その「親」の後を追い、まねる行動をとるようなことをいうのですが、私は、まさにまぎれもない親であるこの私が白紙のあなたに「刷りこむ」ものについて不安であり、怖れを抱いていたのです。

ただ闇くもに〝良きものだけ〟を与えたいと願うこととは裏腹に、知らず知らずのうちにあなたが親の私から刷りこまれるものが決して〝良きものだけではない〟ということを知っていたからです。

私は不完全であり、損われてしまった人間です。

人の笑顔の裏に憎悪を読みとり、好意でしてくれたことの背後に打算を感じとる心を持ってしまった人間なのです。もちろん私の笑顔や好意が純粋無垢だなどと言うつもりもありません。

あなたは人生の出発点の0という位置にいたわけですが、その存在というものは逆に未だ損われずにいる全き人として私の目に映りました。

いったいそんなあなたに対して私は何を与え、どう向き合ったらいいのか、何一つ答えらしいものも持てず途方に暮れていたのです。

それから七年、そして今年八歳になるあなたを見ていて最近つくづく感じることがあります。

たしかに「刷り込み」というのはある。だが、あなたは選択しながら生きてきたのだ。「刷りこみ」が行われたのは、あなたがそうしたいと思ったからであり、あなたの個性が受けつけないものは（親の意思にかかわらず）刷りこみが行われないのだと。

私たちはあなたをこれまで育ててきた。だが同時にあなたはあなた自身をつくってきたのであり、これからはますますそうなのでしょう。


ヨンチョル、私はかなり基本的な間違いをしてきたことに今ようやく気づきました。それは、私がこれから書こうとしている「自分史」はあなたのために与えるものとして書くのだと、つい先ほどまで思い込んできたことです。

ところが、そうではなかったのです。「自分史」は私が私のために書くのです。「損なわれていない自分」とはどのような自分であるかを問い、決してとりもどすことのできない自分をとりもどすために書くのです。そしてそういう問いを継続させてくれている大きな原動力がまさにあなたの存在であるらしいのです。

まあ簡単に言えば、感謝してもらおうと思っていた相手が、実は感謝しなければならない対象だったと気づいたということでしょうか。

ありがとう、そしてこれからもできるだけ長く私をさらし続ける目であってください。


「思い出」と「思い」


この何年か自分について整理し書いてみようとしてきた。ところがどういうわけか、自分の過去のことが思い出せない。ごくわずかな「記憶」と呼べるようなものはあっても、「思い出」として語りうるものがさがせないのだ。無理に年表めいたものを作り、いざ書きはじめると今度はなぜか書くこと自体への興味を失っている、という具合なのである。

自分自身について知る——このことは私が今、人生を意識的に能動的に生きていくための根幹をなすものであるはずだ。

それなのになぜ書けないのか。どうして過去の自分について興味をもてないのか不思議でたまらなかった。

そしてそんなある日、ふと気づいたのである。「思い出」について書こうとすることがまちがいなのだと。

「思い出」とは、つまり抜け殻だ。済んでしまった過去の状況であり、そのことにまつわる、やはり済んでしまった感情のことなのである。

このことに気づいたのはある年老いた在日同胞の話を聞いたことがきっかけとなっている。この人は強制連行という形で日本へ連れてこられ、九州の福岡にあった炭鉱で重労働を強いられてきた過去について語ってくれた。

最初に覚えた日本語は「オイ、コラ、キサマ」であり、毎日のようにささいなことから「カントクさん」に殴られた生活を語るのだが、なぜか語る表情はにこやかと言ってもいいくらい明るい。

「このときはもう死ぬかと思いました」そう言いながらも、なぜか照れたような笑みが口元から絶えないのである。

過去の思い出というものはそんなものなのかもしれない、などと感じながら、私のほうも内容の重さに緊張することなくぼんやり聞いていた。

そのときであった。突然、言葉が途絶えた。私は半分閉じかけていた瞼をふと開けて、その人を見つめ直した。彼は、もう一度同じ言葉をようやくのこと繰り返した。一語一語、かみしめるように。

「……それが、オモニ(母)を見た、最後、でした。……トラックの前に並んで、乗りこんでいく、私の、背中を、じっと見つめ、何も言わずに、ただ、突っ立っていたのです……。それっきり、オモニには、ふたたび逢えませんでした」

そしてまた沈黙。よみがえってくる感情のたかぶりを懸命に抑えていることが、私にも直に伝わってくる。

そして何秒か後、話はふたたび炭鉱でのできごとにもどった。語る口調にはよどみがなく、顔の表情ももとのなごやかなものへもどったのである。

この一連のできごとを目のあたりにして、私は考え込んでしまった。

「思い出」とは何なんだろう。死と隣り合わせだった日々のことと、ただ黙って自分を見つめていた母親の姿。これらは何十年も昔の過去の一情景、ということでは同じ位置にあるはずだ。だが、痛みは前者を語るときには存在しないのに、後者のときには語り手の心のまん中を鋭く突き刺している。果たして同じ「思い出」としてひっくくることができるのだろうか。

私は最初のところでこう述べた。「思い出とは、……済んでしまった過去の状況であり、そのことにまつわるやはり済んでしまった感情のことだ」と。

「思い出」がもしもそういうものであるのなら、未だに痛みを覚える記憶のことは「思い出」とは呼べないだろう。

「済んでしまっていない過去の状況であり、そのことにまつわるやはり済んでしまっていない感情」なのである。だからこそ、触れれば、思わず飛びあがってしまうほど痛いのである。

これは、「思い出」というよりは、「思い」というほうがふさわしい。

「思い」は生き続けている感情のことなのだから。

ここまできてようやく思いあたったのだ。

そもそも「思い出」について私が書けないのは当然のことだったのである。「思い出」をかかえこむような生き方を全くしていなかったのだから。私にとって「済んでしまった過去の状況になり、感情」というものは、いわば〝処理済〟の判こをバーンと押してしまった書類みたいなものなのである。

問題をかかえた新しい書類が次々に私の前に提出されてくるというのに、処理済となった書類のことなどどうして考えていられよう。

私にとって最も関心があること、それは処理してしまった書類や、これからかたづけていかなければならない書類の中にはない。それらの書類に向き合うこの私自身にこそ興味があるのだ。

そう、そして私は今の私を方向づけている〝思い〟とともに生きている。この思いを見つめ続け、書き続けていきたい。

メッセージ

今日から突然、秋。夏は昨日で終わっていた。そしてある日、冬がきて秋が過ぎ去ってしまったことを知り、……さらに春がきて冬が過ぎ去ったことを知るのだ。

何かを実感的に知るということは私の場合いつもこうなのである。決して同じ何かの継続の中で、そのことを知る（実感する）のではない。常に終わってしまった後であり、去ってしまった後なのである。

そんな発想からの関連なのかどうか、改めてふとこんなことを思った。

私には、私自身が本来の意味で「ハラボジ（おじいさん）」「ハルモニ（おばあさん）」と呼びかけることのできる対象がもういない、と。

それはつい昨日に始まった出来事なのではない。なんともう七年も経ってしまっていた。

父方のハルモニが病院の白いベッドでその生涯を終えたのがちょうど七年前の九月（一九八二年）。あさってがその命日にあたる。私はその頃、一一月に出産予定の大きなお腹をかかえていた。

子どもが生まれると同時に、私の両親たちは「ハラボジ」「ハルモニ」と呼ばれるようになった。

私も子どもとの関連でそう呼びかけることが多くなったのだが、よく考えてみると（もちろんよく考えてみるまでもない）、私自身のハラボジ、ハルモニたちはもう誰一人としてこの世にいない。

そのことを今日改めて実感し、妙に胸を衝かれてしまった。

「こんな風にさりげなく、人は自分の演じてきた役をあとから来る者に譲り、そしてそっと舞台から去っていくものなのだろうか？」

うかつな観客は役が交替したことに気づきもしない。

かつてのハラボジ、ハルモニたちを演じているのは今では私の親たちだ。

そしていつか彼らもその舞台から去る時がくるのであり、もちろん私もまたやがて去っていく。

まあ、あたり前といえばこれほどあたり前のこともないのだろうが、今日はなぜか舞台に出ては去っていく人の群れの中の自分を、客席から別の自分が妙に冷めた目で見つめているようで、なんとも言えない複雑な気分だった。

群れの中にいる私はただ茫然としているだけのように見えた。そして群れの流れに逆らうこともなく静かに見え隠れしながら舞台上を通りすぎていくようであった。

哀しいとか、可笑しいとかいった感想を観客に強いる劇ではない。ただ一回限りの舞台であり、劇だ。

そんな一回限りの祖父母たちの舞台をうかうかと見すごしてしまったのではないだろうか。

記憶の底にかすかに点滅する情景に目をこらしてみる。しかし、いくら思い出そうとしても、彼らの姿は無言劇を演じているかのようにしか見えてこない。

なぜなのだろう？　せりふ（言葉）がない。

あまりにも希薄な思い出。久しぶりの孫と祖父母たちとの再会の場面は、はにかんだ孫（つまり私）の「こんにちは」のあいさつとやはりどこかとまどい気味の祖父の「フム」であり、祖母の「よく来たな」でほぼ幕となる。互いに次の言葉が見つからないことに気づまりを覚えもぞもぞしだす。こういうとき祖母はたいてい「もう、あっちへ行っていいよ」と他のいとこたちのところへ私を解放してくれる。そして私はその言葉を聞くやいなや「じゃあ」と立ち上がり、そそくさと席を立つ。

実は、私はある時期までこう思っていた——私の祖父母たちは〝無口な性格の人たちである〟と。

小学校時代、私のまわりにいた日本人の友だちの祖父母、特に「おばあちゃん」は多弁であった。孫相手に昔話をしてくれるのは彼女らであり、親にかくれておこづかいをくれたりするのも彼らであった。

そしてそんな祖父母たちを持てた友人をうらやましいと思ったこともたびたびあったように思う。だが半面で、しかたがないと幼い頭で勝手に解釈し納得していた。

「私のおじいちゃん、おばあちゃんはもともと無口な人たちで、孫を相手に何かするというのも苦手なたちなのだろう」

賢いようで、どこか全く抜けているのがこの私だ。

会えば言葉の通じあえないもどかしさを感じているはずなのに、私たちを隔てているものが何であるかが見えない。そして言葉が通じないことの結果として現れる〝無口〟〝よそよそしさ〟というものを、あたかも祖父母たちの性格に起因するものとして受けとり続けた。

ごく限られた日本語の単語をもどかしげにたどたどしく話す彼らの姿が見えてくる。

在日の一世であった祖父母たちの血肉の言語は朝鮮語だった。日本語は、朝鮮語を一度頭の中で翻訳してからようやく出てくる外国語にしかすぎないのである。

私は、日本語しかわからない孫に対して無理して日本語で話しかけてくれる彼らに甘え——それを当然と思い——決して自分から彼らの言葉に耳を澄まし、近づいていくということをしなかった。いや、そもそもそういう発想すらなかった。

あれは、大学に入ってまもなくの頃だったろうか。

私の中で何かが変わりつつあったのだろう。ある日ふと大阪に住む父方の祖母に逢いにいきたい、何か話を聞いてみたいと思った。いや習いたての朝鮮語を聞いてもらいたかったのだと思う。

その頃、祖母は住まいからすぐ近くのところにある病院に入院していた。六床の病室に入院している患者たちは皆、朝鮮のアジュモニ（おばさん）でありハルモニ（おばあさん）たちだ。

私は、その病室を訪れることは訪れたのだが、祖母に何て話しかけたらいいかわからない。入口付近でもじもじしながら、それでもなんとか挨拶だけはしなければならないと思った。

「アンニョン　ハシムニカ」（今から思うと、病気で寝ている人に〝アンニョン　ハシムニカ＝お変わりありませんか？　お元気ですか、もない、と思うのだが、あいさつの言葉をこれしか知らなかった）

だが、その言葉を開いた瞬間の祖母の顔、その表情。

あのときの祖母の表情を言いあらわす言葉が見つからない。私の脳裏に張りついたあの顔が私には目の前にとり出せそうなほどくっきり見えるのに言葉にできない。

初めて見る表情であり、口調であった。

突然の驚きと、あふれる喜び。それまで知っていた、私のハルモニの落ち着いた表情でも口調でもなかった。

「ああ！　今の私の孫の言葉聞いた？　ウリマルで挨拶したよ、〝アンニョン　ハシムニカ〟と。ねえ、聞いたでしょ、ああ、私の孫が、私の孫が……」

私は当時まだほんのあいさつ程度しか母国語を知らなかったが、それでも済州島なまりの祖母の言葉がまっすぐ私の胸にとびこんできた。

一度日本語に翻訳するという回路を経ずにそのまま直に私に伝わったのである。

この日以後、私の「おばあちゃん」は「ハルモニ」となった。そして「おとうさん、おかあさん」も「アボジ、オモニ」となった。

……………

ほんとうに今日はおかしな日だ。忘れていたはずのことが次々に蘇ってくる。そして一見なんの脈絡もなく思い出されることどもが全て同じ一つのメッセージへ結びついて私に訴えかけてくるようなのだ。

「私たちを遠く隔てたものは言葉の壁であった。だが、そのことに気づいた瞬間、私たちの前に壁は存在しなくなる」

今となって気づくのはあまりに遅すぎたとしか言いようがないが、祖父母たちの記憶をただ〝無言の劇〟としか感じとれない感性から〝無言であるそのことがすでに私へのメッセージであった〟という感性へ育つまで、これほどの長い時間が私には必要だったのである。そう思えてならない。

それにしてもあまりに長い空白……。

踊りの場

どこの引き出しにしまわれたままになっているのか見当もつかないが、鮮明に覚えている一枚の写真がある。

被写体は今にも泣き出しそうな二、三歳ぐらいの女の子。何の説明をつけなくてもその子の状況は誰でもわかるに違いない。迷い子になった、ということを自覚した瞬間の驚きと心細さ、不安がその子の表情に全て現れ出ているからだ。

その写真についてもう少し説明を加えるなら、背景はある遊園地の公園の植え込みの前であり、二、三歳の女の子というのは、この私である。そしてさらに言うなら〝迷い子〟というのも、私の父親による作られた状況であった。（どうも親というものは自分の子を困らせてみたいと思うものらしい、私にもそんなところがある）

この写真の場合は作られた〝迷い子〟だったが、幼い頃の私にとって迷い子になるというのは日常茶飯のことであったようである。

自分の記憶に今も残る迷い子の記憶というのは、町内の祭りの山車について歩いて、そのまま最終地点までいってしまって、家に帰れなくなり、ついに交番のお世話になったというのがある。

危険なことをするわけではないのだが、ぼんやりしていることが原因で危ない目に何度もあうというタイプだった。

階段からころげ落ちるのは毎日のようにやっていたし、遊園地では、ボートに乗せれば池に落ちる、長いブランコの乗り物に乗ればやはりそのイスから落ちる……というぐあいなのである。決してはしゃぎすぎたとか、立ってはいけないところで立ち上がった、とかいうのではない。どこか、ぼぉーとしていて、失敗するのだ。

ぼんやりしていることと関係があるのかどうか知らないが、私には人並み以上に不器用なところがある。その最たるものは何といっても、踊ることだろう。踊りが苦手などという生やさしいレベルではない。ラジオ体操のようなものでさえ、自分ではなんとかやっているつもりだが人から見ればなんとちぐはぐな、と首を傾げたくなる動きをしているに違いない。

踊れないということに気づいてからもう何年にもなる。〝踊り音痴〟ということなのだろうが、その徴候は小学校の高学年あたりからあった。

体育の授業は好きだったが、ダンスのようなものはできることなら敬遠したい気分だった。どうもうまくいかないのである。他の女生徒たちのように踊りの形もリズムも覚えられない。最初は同じスタートラインに立っていたはずの彼女らがいつの間にか踊りを身体になじませ自分のものにしていくのにひき換え、私のほうはいつまでたってもギクシャクした動きしかできないのだった。身体と頭が分離しているという感覚をまぬがれない。踊っている自分を、一歩離れたところで覚めた目で見つめている自分がいるような感覚だ。その視線の前で私はますますぎこちなくなってしまう。

以前は踊りはちょっとした苦手の部類で、いつまで経っても覚えられないということも愛嬌の一つぐらいに思ってすませていたのだか、最近ではそう素直に笑ってばかりもいられなくなった。

もちろん、踊れないなんてことはたいしたことではない。生活がかかっているわけでもないし、まして生死にかかわる問題でもない。

ところが、そう自分に言いわけすればするほど、心のどこかで〝踊れないこと〟さらに言えば〝踊り〟についてかなりのこだわりを持っていることを意識せずにはいられない。

ここで私が問題としている踊りについて、もう少し焦点をしぼっておくべきだろう。

私がこだわりを持っているのは、ある種の踊りについてなのだ。はっきり言ってディスコで踊れないことや社交ダンスができないことなど、私にはどうでもいいことだ。

ある種の踊りというものを私はこう考えている。踊りの形より以前に踊りの精神があるもの、そしてその精神というものは、ある集団、ある民族が長年培ってきたものなのである。それゆえその踊りは人に見せたり、見たりするものとしてあるのではなく、その集団や民族を特徴づけるものとしてまず存在しているといってもいいかもしれない。

そしていつの頃からそう思い込んでしまったのか不明なのだが、私はそういう踊りの場から永遠に締め出しをくっているように思えてならないのだ。人びとが楽しく踊るその踊りの場を、私は一人離れて突っ立って見ている――踊りの場から拒絶されたことが、まさに私をその踊りにこだわらせている理由なのかもしれない。

私は固く姿勢をこわばらせたまま問うている。――なぜ、楽しく笑うあなたたちと切り離されてただ一人茫然と立ちつくすこの場が私に与えられた場なのか、と。

日本の踊り、例えば盆踊りなどに対してはこんな気持ちを持つこともないのだが、親戚の結婚式などに招かれたときに出会うあのわが民族特有の踊りに対しては、平静な気持ちを保っていることができない。

私の心を揺り動かさずにいれない何かがあの踊りの内にある。ごく幼い頃からそれを感じていた。

あの踊りに名前があるのだろうか。一人ひとりの身体の中から自然に沸き出てくるかのように見える、あれらの優雅な三拍子。

思い出の中に残る最も古い踊りの場の記憶は、おそらく叔父の結婚式だと思う。私は小学校の四、五年生だった。

退屈でいつ果てるとも知れないスピーチがようやくのこと終わり、「乾杯!」の声で式場は披露宴の場となる。御馳走を前に長々とおあづけを食った人たちの表情もホッと明るくほころび、一斉に隣席同士の雑談がはじまる。

様々な音の洪水に負けまいとつい声も大きくなり、会場はもうなんとも言えない騒音のうずと化してしまう。(こういう結婚式を見なくなって久しい。いつの間に私たちはお上品になったのだ?)

新郎新婦のことを忘れずにいる人がいったいどれだけいたか、今振り返って考えてみてもかなり疑問である。(このとき、そのことを知っていたのは当事者である新郎、新婦とその両親ぐらいだったのではないだろうか)

歌や音楽が始まっても騒音は変わらない、むしろ一層ひどくなるばかりだ。そして、朝鮮のあの踊り、人に見せるために訓練したプロの踊りではない。楽しいことがあって人が集まり、そこへチャンゴのリズムが加われば、条件反射的に身体が反応し動き出してしまう、そういう踊り。

誰でも最初は恥ずかしいのだろう、席を立つ人も少ないのだが、すでに踊り出した人は尻ごみする知り合いを無理やり席から立たせる。しぶしぶ立ち上がりながらも、実はそんな風にしてさそわれるのを待っていたのではないかと思われるほど、踊りの場へ向かうおじさん、おばさんたちの足どりはもうすでに踊りのステップである。そして、なんとも明けっぴろ気な満ちたりた表情。踊り自体がもつその優雅な動きも好きであるが、踊る人々のあまりに無防備なやさし気な表情は言葉に尽くせない。そういう意味で一番いい顔をしているなと思わせるのは、年老いたハラボジ、ハルモニたちであった。

（日本人に比べると気性の激しさを思わずにはいられないわが民族だが、果たしてあれほどのやさし気な満ちたりた表情をした人々の群れを、かつて日本人の群れの中に見たことがあったろうか。残念なことに私にはその覚えがない）

そして私は、といえば先ほどからの踊りのなりゆきをただ凝然と見つめたまま、わけもなくこみ上がってきてしまう涙をひたすらこらえているのだ。

小学校の四、五年生だったあのとき以来今に至るまで、これは全く変わることのない感情のパターンである。わかりきっているのだが、やはりいつも踊りの場に出くわしてしまうと、泣き出してしまいたくなるというところまで感情が沸き立ってしまう。

いったいこれはどういうことなのだろう。

これまでこの感情について言語化させて確認したことがない。しかしそれはこの感情がとるに足らないどうでもいいことだからということではなく、むしろ逆に非常に重要なものだと感じてきたせいだ。

簡単に一言か二言で説明しきれる言葉があるとは思えないし、へたな解説を試みて、この感情を薄っぺらなものにしてしまいたくないという思いが強すぎるのかもしれない。

例えば、こんなもっともらしい解説はどうだ。日本という国に他民族（異国人）として生まれながら、それでいて自らの内に民族の根拠を見い出せない者の癒やされない悲哀がその感情の背景にあるのだ、と。

もちろん、それはそうなのだろうが、なぜかそれだけでは説明しきれない別の何か違うものがあるように思えてならない。

ただ単に涙がにじみ出てくるというのではなく、幼な子のようにワァーンと泣き出してしまいたくなるというところまで盛り上がる感情の波の色は、悲哀だけではないからなのだ。

決してそうではない。

私は子どもの頃よく迷い子になったということを前のところで書いたと思う。

迷い子になったと気がついたとき、次にどういう行動をとるかは、子どもの性格によって様々である。ただいきなり大声で泣き出す子もいれば、「おとうさん!! おかあさん!!」と大声で呼びかける子もいる、その場に立ちつくしシクシク泣きだす子、必死の形相であたりを駆けまわる子……。私はどういうタイプだったかというと、ただただ途方にくれ、はぐれたあたりをウロウロ歩きまわるタイプであった。注意深い大人が見れば私の表情に気づいただろうが、涙を流すわけでなし、まして大声を上げるということもなかったので、ほとんどの人は素通りしていってしまう。決して哀しくなかったわけではない。涙だって必死にこらえていたのである。だが泣けなかった。泣いてしまえば私はまさに「迷い子そのもの」になってしまうからである。

「私はまだ迷い子じゃない」

自分にそう言い聞かせながら、親を探し続けたのである。

そして、親の姿を見つけたとき、その瞬間に涙がボロボロこぼれ落ちる。そのときにようやく自分が親にはぐれてしまった子であったことを認め、その胸を締めつけられるような哀しみを認められる。だが、それは、親に再びめぐり会えたよろこびの中で、なのである。

このときの感性に近いものが、踊りの場での私の状態なのかもしれない。

私はこれから先も踊りの場の内に入ることはないだろう。

「何もそんなにかたくなにならなくてもいいではないか、単に自意識の過剰ということだよ。いっそのこと一度恥も外聞もかなぐり捨てて踊ってしまえばいいんだ」と言われるのはわかりきっているが、このかたくなさこそが、「在日の三世」という枠ではひっくくりきれないこの私なのです、ととりあえず答えておこう。

別の角度から私を照らしてみれば、踊りの場から拒絶されているのではなく、むしろ外に開かれたその踊りの場の内へ入ることを拒んでいるのはこの私だ、ということにもなる。

なぜこんなにも激しく〝わが民族〟というものを求めて心が向かい、同時に民族に対して個を守ろうとするかのように心を閉ざし続けるのか。この引き裂かれた私の根拠は何なのか。

実は、まだよくわからない。

ただ今の私にはっきりわかっていることと言えば、踊りの場がある限り、その身近に寄り添って生きていくに違いない、ということだけである。それだけは確かだ。

「ボク、朝鮮の学校に行くよ」

結論的に言えば、子どもの意思を尊重したということになる。彼の意思は、少なくとも言葉として私たちに伝えたものというのはこうだった。

「ボク、朝鮮の学校に行くよ」

何の前触れもなく、突然ポッリと、だが『もう、そう決めたんだ』と思わせる言い方であった。私は一瞬わけがわからず『今、ヨンチョルが言ったことを聞いた？』という具合に夫の顔を見てしまった。

夫もたぶん同じ気持ちだったのだろう、お互いに『ウム？』と言葉を失くしていたのだから。そして改めてたずねたのである。

「今、なんて言ったの？」

「朝鮮の学校に行くよ」

「日本の学校に行くって言ってたんじゃないの？」

「うん、でもやめたんだ」

「そう、じゃあなぜ朝鮮の学校に行くことにしたの？　日本の学校に行くって決めたときにも理由があったからそう決めたんでしょ。

最初、去年の一〇月頃だったけれど、そのときは朝鮮の学校に行くって決めてたでしょ？自分の国の言葉を習えるし、同じような仲間もいるからいいと言っていたよね。幼稚園のときの友だちとは別れてしまうけれど、新しい友だちができるからいいって言ってたでしょ。それでも今年の一月頃になったら今度は日本の学校に行く、と言ったわよね。（幼稚園のときの友だちとやっぱり離れたくないからというのがそのときの理由だった）

『幼稚園のときの友だちはいるかもしれないけれど、朝鮮人はその小学校でヨンチョル一人だけだと思う。でもそれは保育園のときも幼稚園でも同じだったね。それにアボジもオモニもたった一人で日本の学校でがんばってやってきたんだから、ヨンチョルもがんばれるね。でも、言葉はどうするの？』

とオンマが聞いたら、『大学に行ってから勉強するよ』って、そのときヨンチョルが言ったから、日本の学校でもいいだろうとアボジもオンマも思って全部手続きも済ませたのよ。

それなのにまた『朝鮮の学校に行く』なんて……。別に、桃五（桃井第五小学校）をやめて朝鮮の学校に行くことはかまわない。まだ入る前なんだから。

でも、もう桃五の入学式まであと一〇日間しかないんだから、朝鮮の学校に行くって決めた理由をアボジとオンマにちゃんとわかるように説明して欲しいの。ね、どうしてそう決めたの？」

「……」

夫も私以上に息子の〝変心〟について心当たりはなかったようである。

「オンマが、朝鮮の学校へ行けと言ったのか？」と息子にたずねた。

「オンマがどこに行かなくちゃいけない、なんて言うわけないよ」

「…そうか…、じゃあ、どうして朝鮮の学校のほうがいいと思ったんだ？」

相変わらず、答えはなかった。おそらく私たちに説明する以前に、自分自身でもまだよくわからないでいたのだろう。

しかし、幼稚園時代の友だちと離れて、あえて朝鮮の学校に行くと決めたからには、六歳なりといえども、それなりの理由があるはずである。どんな理由であれ、自身のためにも、また私たちにとっても言語化させておくことが大切なことのように思われ、説明してくれることに私たちはこだわった。

実はこのとき、私たちは親子三人で久しぶりに夫の実家の埼玉へ向かう車の中にいた。ヨンチョルは小学校へ上がる前の春休みの一週間をいとこたちの家で過ごすことを冬休みが終わる頃から心待ちにしていた。

私のような単純な頭の持ち主には、子どもというのは目先の楽しみのことでいっぱいなはずだという、相手をなめているようなところがある。それで、びっくりしたりするのだ。屈託なげなこの六歳の子の心のどの引き出しから「朝鮮の学校に行くよ」などという決意に満ちた言葉が突然飛びだしてくるのか、と。そしてそれ以前に生じているはずの心の変移を何一つとして感じとれなかったことに。

このときの私たちの学校に関する会話は一応、夫の次の言葉で一時中断ということになった。

「うん、ヨンチョルの今の気持ちはわかった。でも、アボジやオンマにわかるように説明してほしいんだ。これから一週間、ヨンチョルは一人で埼玉に泊まるだろ、だからこの一週間のうちによく考えておいてくれるか？」

「うん」

そしてその日はもうそれきり私たちは学校の問題に触れなかった。

私と夫は息子を夫の実家に一人残し夕方東京に帰ってきた。

そしてやはり私にはなぜ突然、ヨンチョルが「朝鮮の学校に行く」と言い出したのか、不可解のままであった。

春休み前も、休みに入ってからも、近所の日本の公立学校へ行くというのはもう決定済事項であって、改めて特別何かを話したという覚えがなかったからだ。ヨンチョルも含めた話し合いは、それ以前に済んでいた。

ここで、この時点に至るまでの思いや経緯について簡単に整理して書いておく必要があるだろう。

まず、去年の一〇月頃の状況から言うと、その時点以前では学校についてはまだ決まっていなかった。いや決めることができずにいた。

私はちょうど一年半前のことを思い出しながら今書いているわけだが、未だに結論を出しきれないような気がしてたまらない。

朝鮮の学校に一年間通わせたそのことの結果について問われれば、私ははっきり肯定的な返事をすることができる。

学校へ通いはじめてまだ間もない頃であった。夕方のテレビニュースでテニスの試合について報じていた。アナウンサーは更に、日本と韓国の選手の対戦が予定されていることを付け加えた。

このとき、ヨンチョルがふっと言ったのである。「ぼく、カンコクの選手に勝ってもらいたいな」と。

私はこの言葉を聞いたとき、初めて息子を朝鮮学校へ行かせたことについて安堵できたのだと思う。私は二重の意味で喜んでいた。まず一つは、自分の帰属する民族についての自覚がしっかり根付きはじめているということについてであり、もう一つは息子には未だ私たちの民族の分断の経緯も現状もほとんどわかっていないと思うが、まず土台として朝鮮も韓国もしょせんは一つの民族だととらえる視点がある（これはとても大切なことだと思う）ということについてであった。

私は息子の言葉を民族心の芽生えであると素直に受けとった。

そしてもう一つ朝鮮学校に行かせてよかったと思えたのは、私の韓国の友人からの手紙を受け取ったときであった。彼女の手紙にはこうあった。「一〇ヶ月間の日本旅行中での、特に僑胞たちとの出会いは衝撃的な、生きた歴史の勉強でした。姉さんの息子のヨンチョルが리영철《リヨンチョル》と自分の名前を書いたとき、一面で分断の痛みを感じましたが（注、韓国での表記では이영철《イヨンチョル》となる）、また一面では、日本の地にあっても、私たちの後世をしっかりと育てているのだという確信を得ることができました。新年にあたり、姉さんのご家族の幸福を願うととも

に、ヨンチョルがこの先どのような試練に出会うことがあってもくじけることなく、たくましく韓民族の子どもとして育つことを願ってやみません」

ヨンチョルの言葉や、韓国の友人の手紙は私たちの民族の未来に希望を抱かせてくれるものだった。そのことは、朝鮮の学校を選択した結果として素直に喜び受けとるつもりである。

だがそれにもかかわらず、では改めてどちらの学校にすべきなのかと選択を迫られると確信を持って答えきれない。

私自身の教育観（あえて付け加えるまでもないが、私は別に学者ではないのでそれほどたいそうな何々観というものを持っているわけではない）に照らしていうなら、在日の子どもたちの教育にとって最も大切なものは民族教育だと思っている。

世界がこの先どうなるのかわからないが、現在の時点では、私たちが自らのアイデンティティーというものを語るとき、帰属する民族というものを全く抜きにして語ることはできない。そして日本という地にあって最も危機にさらされるものが、まさにこの私たちの民族性というものであると思うからだ。

在日の子どもたちにとって民族教育が欠かすことができないという考えを原則として持っていて、しかも現にそのための学校があるというのに、自分の子の学校の選択というところで確信を持てないというのは、論理としては全く通らない話だ。

しかし論理として通らなくても、日本の学校か民族系の学校かというところで迷いが生じるということは目をつぶってすませることのできない大きな事実だ。

なぜこんなことになってしまうのだろう。

どこかに、ズレがある。

例えば、「あなたはどこの国の人ですか」と問われて、「Korean です」と答えるときには生じることのないさざ波が、「朝鮮人です」またある場合には「韓国人です」と答えるときに必ず生じてしまうことと、同質の何かがここにある。

私は政治体制や思想を選択しているのではない。民族を選択しているのだ、そう言いたい。だがたったそれだけのことを語るのに、いったいどれだけ多くの言葉が必要なことか。

慨嘆していてもはじまらない。とりあえず少なくとも私は、私がイメージするところの民族教育というものについて述べなければならないだろう。

民族教育とは、民族固有の言語を身につけその歴史や文化を学び、祖国と人々を愛する心を持てるようになること、そしてその土台のもとで他の国やその人々を愛する心を持てるようになること、これがまず大前提である。

だが、こんなことを言えば「何を今さらバカなことをいう。そんなことはあたり前だ、現にそういう教育を行なっている」と言うに違いない、総聯系、民団系を問わず……。

だが、もう〝原則〟について語るのはよそう。真理は一つで、原則も一つなら統一も可能だというのは、私の中ではるか昔に幻想となってしまった。

私には納得しがたい対立というのがあるのだ。

何千年もの時間をかけてつくりあげた他の民族とは区別されるところの固有の一つの言語、文化、それらが対立しあう二つの政治体制のもとで引き裂かれ、わずか五〇年にも満たないほんのわずかな時間の断絶の中でそれぞれに微妙な違いをもたらし、それぞれを成長させてしまう。

私はそんなことに絶望なんかしない。文化や言語は人々とともに生きているものなのだから、往来しあうことのできない年月のうちに差異を生じてしまうことなんか当然のことだからだ。

私の中の絶望の根拠は、引き裂かれてしまったという現実についてではないのだ。

引き裂かれた現実に統一をもたらすこと、そしてこの間に生じた互いの溝を埋めようとする現実的な働きかけがあること、……そしてそれは引き裂かれていなかった過去をとりもどすことであると同時に、ふたたび一つとなれた民族の未来のためでもあるような、……そのための実践的な行動を（例えば学校という場では「教育」を通じて）、対立のどちらの立場にも見いだせないことにある。

私が求めているものはあまりにも非現実的なものだろうか。

しかし、北からも南からも離れている日本という地にあるからこそ可能な民族教育というものがあるはずだ。

現に行われている民族教育というものに向き合えば向き合うほど私の中にどうしようもないジレンマが生じてしまう。

そしてそのジレンマの果てに、日本の学校を選択するというのは、これはもう悲劇というよりほかない。

今は、ある種の楽観主義的な状態にあるため、このジレンマとの全面対決を避けられているのだが、一年半前は、このジレンマの状態で立ち止まったまま結局学校の選択について答えを出せずにいた。

だがその時点で決められないでいるということは、ほとんど九分通り近所の日本の学校へ行かすことになる。それはヨンチョルや私たちを取り囲むまわりの日本人同様に、自然ななりゆきであった。居住区からは来年入学の子のための身体検査の通知などが来はじめていた。

日本の学校へやることについて不安がないわけではなかった。いやそれどころか、大きな不安を抱いていたのである。一歳半からの保育園生活から幼稚園にいたるまでの約五年間を決して心安らかに過ごしたわけではなかった。ヨンチョル自身はどうだったかわからない、しかし、少なくとも私はそうだった。

実際の現場が見えないからこそ、私はある種の緊張感を持ってヨンチョルの様子を見守り、彼を取り囲む環境から察知されるものを感じとろうとしていた。ヨンチョルが他の個性と区別されるところのヨンチョル自身の個性が原因となってまわりの大人や子どもとうまくいかなかったりすることは、これはしかたがない。

しかたがないという言い方には語弊がある——つまり、原因が自分の在り方にあるのならば、在り方を変えることによって、まわりとの関係も変えられるわけであるから、これには対処の方法がある、という意味だと思ってほしい。

私が何より懸念していたことは、「朝鮮人である」ということが問題の根となっている場合だ。これは自分の在り方以前の、存在そのものにかかわる問題であり、この部分を否定されることは、まさに自分自身の存在を否定されるのと同じ作用をもたらす。

そうなのだ。私の在り方をどのように変えようが、私が朝鮮人であることをやめない限り、決して変えることのできない状況というものがある。「差別」という言葉は嫌いである。「差別をどう思うか？」と問われて「差別することは正しい」と答える人はほとんどあるまい。だが、あえて〝差別される〟ことの恐ろしさについていうなら、私はまさにこの状況を指していうのではないかと思われる。

私の中の朝鮮・朝鮮人が否定される、あるいはまた、朝鮮人であるところの私が否定される。では、朝鮮人であることをやめた私というのは、いったいどのような存在なのか。

言語についても、生活習慣においてもどこから見ても日本人と変わりのない私というものがあるわけだが、それでもなおかつ、今ある状況下で朝鮮人であることをやめた自分というものをイメージするとき、日本人としての私というものを全く思い浮かべられない。最も近いイメージというものは、〈無〉なのである。

つまり、朝鮮人であるということは私にとって切り離すことのできる一部分としてあるのではなく、存在の全てにかかわる問題であるからだ。

私自身の経験から言えば、日本人に囲まれた学校教育の中で私は自己を損っていったということが言える。

それはなぜか。第一に私が朝鮮人であったからであり、第二に朝鮮人であることを隠していたからである。

どんなに日本人が白を切ろうと、現に朝鮮人に対する差別は存在するのであり、そのことによって、圧倒的多数者である日本人に囲まれて生きる朝鮮人は傷を負うのである。

別のところでも書いたが、私がもしも朝鮮人であるということを前面に押しだしていたらやはりどこかで手痛い攻撃を被っていたかもしれない。だが私は私を取り囲む多数者の前に自己をさらして民族を守ろうとしたことにきっと誇りを持てただろう。だが、朝鮮人であるということを隠すということはある側面から言えば自らを差別者の側に立たせるということにもなる場合がある。そのとき、私は被差別者でありながら差別者として朝鮮人を否定し、そこに連なるところの朝鮮人としての自己をも否定するのである。

そしてやがて依り処の全てをなくすのである。私が朝鮮人であることを隠すことによって自分が自分を損なっていった過程をたどるとそのようになるのかもしれない。

それだからこそ、私は自分の息子に一つの名前だけを与えたのである。

一つの名前で生きる（そんなこと当たり前のことではないか）――それが私たち親子三人の第一歩であった。

保育園、幼稚園と進む中でヨンチョルは否も応もなく、朝鮮人であり外国人であるところのリ・ヨンチョルであり続けた。

そしてこれまでのところ、朝鮮人であるから、という理由での差別なりいじめというのにはあっていなかった（と思う）。

日本の学校へ行かすようになるかもしれないと漠然と感じていたが、それでもまあいいかもしれないという程度の肯定が持てたのは、一つの名前であること（今までやってきたことの継続として）が一つの理由。もう一つの理由は私が自己を損なっていったのは日本の学校教育のもとにおいてであったが、また他の側面から言えば私が自己を回復するための知的素地もまたその学校環境とともに育ったのだということを全く否定することはできないということ（ただこの場合、自己回復へ向かう大きな転機は同胞たちとの出会いであることを忘れてはならない）。

非常にとりとめもなく書いてしまったが、それほどに、たかが子どもの小学校入学について思い悩んでいたのだ。

そのままの状態であればおそらく日本の小学校に入れていたかもしれない。だが、ちょうどその頃、私にとって非常にショックなできごとがあった。

ある夜、息子といっしょにふとんに入り、いつものように本を読んで聞かせ「さあ、もう寝ようか」と言ったときのことだった。

息子が突然「ボク、A君がいるから死にたくなるんだ」と言って泣きだしたのである。

私にとってこのことがショックだったのはA君とは、日頃ヨンチョルにとって〝一番の友だち〟ということになっている子だったからだ。

もっとも私の目から見ると「A君＝一番の友だち」なのではなく、「A君＝一番の友だちになってもらいたい子」というのが歴然としていた。ヨンチョルがどう思おうが、A君は明らかにヨンチョルを好いてはいなかった。

A君がなぜヨンチョルを受けつけず、それにもかかわらずヨンチョルがあくまでA君と仲良くなれることを願うのか。彼らなりの理由があったようである。

その幼稚園にヨンチョルは途中から入園していた。そしてそのときすでに男の子たちの間では力による上下関係や、グループ分けができあがっていた。そしてA君は活発な男の子たちのグループのリーダーだ。

ヨンチョルにはそれがすぐにわかったのだろう。初めは、自分が受け入れられることが当然だと思って近づいていったのにちがいない。日頃親から誰とも仲良くできる子になりなさいと言われ、人を排斥したり攻撃したりすることはどれだけいけないことか、……と言われ続け、それがいつの間にかあたり前だと思って育ってきたヨンチョルにとって予想外の壁があった。A君がヨンチョルを認めないのだ。そのことはイコールA君をリーダーとする男の子のグループ(クラスの男の子のほとんどが網羅されていた)に入れない、ということを意味していた。力ではA君にはとてもかなわなかったが、ヨンチョルは彼なりの理屈でA君と正面からぶつかっていったのだと思う。

「仲良くしないことはいけないことだ」と。

だがこれは理屈であって、仲良くしたくないと思っている相手に通じるはずがない。孤立無援のヨンチョルは幼稚園の先生にこれを告げる、そしてそのことがまたA君たちをはじめとするグループ全体の男の子の目に卑怯なやり方だと映るのだろう……ますます孤立せざるを得ない状況となる。

はっきり言ってもし私がこの立場にあったらとっくに自分の場を他に作ることを考えたと思う。友だちなどいらない、と言って一人遊びをする子になったにちがいない。

そんな私の目から見ればヨンチョルがその後もずっとA君と仲良くなりたい、とエネルギーを傾け続けていることにある種の精神的な強ささえ感じるようになっていた。

ところが、その力がふっと途切れてしまったかのようなあの言葉「ボク、A君がいるから死にたくなるんだ」。これには本当にまいってしまった。

私だってがまんしてきたのである。「もういいかげんA君と仲良くするというのはあきらめて、別の仲間をつくるとか、一人でも遊べることを考えなさい」という言葉を言ってはならないと。それは私がやってきた方法であって、ヨンチョルは彼なりのやり方で人との関係をつくっていこうとしているのである。それは私のやり方に比べればずっとエネルギーを要することであるが、私が得られなかった新しい別のものを得られるかもしれない。そう思ってずっと耐えてきたのである。

しかし、もうあのヨンチョルの言葉を聞いた後では、この先さらに日本人だけに囲まれた学校生活を送らせるということを考えることが困難となってしまった。

ヨンチョルがある仲間の内側に入れられなかったことの背景に、朝鮮人差別というものがあったのかなかったのか、それは私にはわからない。だが、ヨンチョルが他の子たちとあるいは学校の教育とうまく折り合っていけない場にぶつかるたびに「もしかしたら……?」という疑念が必ず生じるに違いない。

幼稚園生活を送るヨンチョルのことにしても私は表面上は全て、ヨンチョルという個性対他の子たちの個性ということで見ようと努めてきたのだが、内心の「もしかしたら……?」の声を忘れることは決してできなかった。

わけがわからず私の目からは見えない状況に出くわすたびに常にその種の疑惑をもち続けざるを得ないだろうと考えはじめたとき、私はもうヨンチョルを日本の学校へやる自信を失くしてしまったのである。ヨンチョルより先に私の神経がまいってしまうだろう、そう思った。

次の日、夫にこれらの事を話し、ヨンチョルは朝鮮の学校に行かせたほうがいいのではないかと相談した。

夫は私の考えを聞いて、どこの学校に行こうが、最終的にはその個人の在り方というものがその個人として問われるのであり、その土台として大切なのは家庭における教育にあるのだから、もしもヨンチョルが望み、私がそうさせたいと思うのなら朝鮮学校でもいいのではないか、と言った。

私たち夫婦の考えもある方向性を持ってまとまったので次はヨンチョルの考えを聞く番だった。

「ヨンチョル、来年小学校でしょ。A君たちは桃五へ行くみたいだけど、ヨンチョル、朝鮮の学校も阿佐ヶ谷にあるのよ。そこはヨンチョルのように日本の幼稚園を出てきた朝鮮の子たちがいるけど、そっちの学校に行ってみてもいいんじゃない？　幼稚園のときの友だちはいないけど、そこへ来る子どもたちはみんなそうだし、同じ朝鮮人の仲間よ。それにオンマやアボジは日本の学校だったから大人になってから朝鮮語を習って大変だったけれど、朝鮮の学校に行ったら習えるし、……どう？」

という感じでそれとなく誘導した形ではあったが、同意を求める風にたずねてみた。

ヨンチョルはしばらく考えていたが、「うん、ボク朝鮮の学校へ行く！」と、そのとき答えたのだった。

これがまず一昨年の一〇月の状況である。その年の暮もほぼそういう状況であったから公立学校の身体検査についての通知などもそのまま放置した状態であった。

ところが年が明け、一、二月の頃のことであった。その頃になりだすと幼稚園の仲間同士でも小学校はどこへ行くのかという話が出たり、同じ学校へ行くメンバーたちは幼稚園の先生とともにその小学校を訪問したり、となんとなく落ち着かない雰囲気になってきていた。ヨンチョルはおそらくそういう毎日の状況の中で動揺していたのだと思う。

ある日、私にこう告げた。

「ボク、桃五に行く」

「えっ？　朝鮮の学校へ行くんじゃないの」

「うん、でもA君たちと同じ学校に行きたいんだ」

「じゃあ朝鮮語はどうするの」

夫と後でこのことを話し合い、ヨンチョルが自分で望むなら、私のほうは少し精神的に大変かもしれないが、日本の学校でもいいだろう、ということになった。

その間、私の両親の意見、夫の両親の意見、そしてそのまわりの意見や忠告というものがあったが、ヨンチョルの学校の問題や教育に関しては親の私たちの考えで責任を持ってやっていくという考えを押し通し続けていた。

私の親などは「学校はどうするんだ？」という問いに「日本の学校よ」と答え、さらになぜそう決めたのかということに対して「ヨンチョルがそう決めたから」という最終的な結論だけを告げただけだったのであきれ、半分怒ってもいた――あまりにも親として無責任ではないだろうかと。

そして、あの春休みのヨンチョルの「ボク、朝鮮の学校に行くよ」であった。

ヨンチョルに一週間、なぜそう決めたのか理由をわかるように考えて説明させる必要があった。

気分や雰囲気に流されて決めるのではなく、考えたことの結果として選択して欲しかった。だがその一週間は私にとってももう一度改めて考えるためのよい機会であった。

いったい何がヨンチョルをそういう思いにさせたのだろうか、と。

そして私はその一週間で一つの結論を得ていた。この間の事情がどうであれ、朝鮮の学校に行きたいということがヨンチョルの思い（「考え」でなくてもかまわない）であればそれを尊重しようと、と。

その結論が朝鮮の学校から日本の学校に行くことに決めたというのではなく、日本の学校から朝鮮の学校に行こうということであるなら、なおさらその意思を尊重すべきであると思うからだ。

普通のごく自然な選択としてはこういう状況で日本の学校を選ぶことがなりゆきだと思え

るからだ。さらに言えば、幼稚園の友だちとは相変わらずであったが、以前よりもうまくやっていっているように見えていた。

そこへ、あえて朝鮮の学校を選ぶというのは、なんらかの本人の自発的な意思がなければできない選択なのである（あるいは、親の目から見て〝うまくやっている〟と思えたことも、実際にはそうでなかったかもしれない）。

そして一週間後、やはり親子の会話。今度は埼玉から東京へ向かう車中。

「それでヨンチョル、この前の学校のことだけれど、考えておいてくれた？　なぜ朝鮮の学校へ行くことに決めたの？」

「……朝鮮人なんだから、朝鮮語ぐらいわかりたいんだ」

朝鮮語は日本の学校へ行ったって学べるということはわかりきっていたが、ヨンチョルの意思として「朝鮮の学校へ行く」ということがあり、その理由が明確なのであればそれで十分であった。

夫は「そうか、じゃあ、朝鮮の学校へ行きなさい」と言い、さらにこう続けた。

「そのかわり、今のうちに言っておくけれどこれは覚えておいて欲しい。朝鮮人なんだから朝鮮のことを知らなければいけないし、言葉だって知っていなければいけない。でもヨンチョルは今日本に住んでるだろ？　だから日本のことも勉強しなければいけないよ」

「うん、そうするよ」

以上が、息子を朝鮮の学校へ行かせるまでの顚末である。

ヨンチョルは今年四月で二年生。朝鮮語を私以上の速度と正確さで身につけつつある。サッカーが好きで、学校も好きで、それでも時々はカゼをひいて休んでもみたい……そんなごく普通の少年として育っている。

（「踊りの場1」『海峡』15号、1990年）

Ⅱ

日本橋

日本橋に引っ越したのは小学校に上がる少し前のことだった。季節がいつだったのかわからないが、よく晴れた日だったのを覚えている。当時まだ真新しかった家の廊下や壁、部屋の中のどこもかしこも白々としていたのが妙に印象的だった。今考えるとその家の構造からいって、日の光がまんべんなく差し込むようにはならなかったはずなのだが、不思議なことに家の中は明るく輝いていて、空気までがカラリと白く乾燥しているようだった。

引っ越しのことは前もって聞かされていたにちがいないが、まだその時点では〈それ〉がどういうことなのかわからなかった。ただ、その家に足を踏み入れたとき全く別の空間にいきなり放り出されたような心細さを感じた。

住まいとなっていた二階への階段を上がるとき、後をついて上がってきた母が私に言った。

「きょうからこの家に住むのよ」

くっきりとした響きだった。そして言葉は私に語りかけているのに、むしろ母が自分自身に言い聞かせているようでもあった。そういう言葉を聞いたことがなかった。いや、言葉をそんな風に意識したことがなかったというべきだろうか。それまで言葉は、私の頭をなでてくれる手の温みや、叱りつけられるときの怖い目、欲しくてたまらない人形のようなものだった。

言葉は「意味」や「もの」と直結し、同じように他者と私のあいだもまた一分のすきもなく接していた。言葉は発されたと同時にとり込まれて私の一部となり、感じることはできても「見える」ことはなかった。

だが、このときの言葉は私と母のあいだに突然ひょこんと登場してきた。その異物はすぐに様々に形を変え、増殖していった。

言葉は「きょうからこの家に住む」というまさにその事実を伝えると同時に、ようやくここまできたという母の「安堵」を伝え、未来に対する「不安」も、そして「期待」も伝えた。母の思いはすべて「言葉」の向こう側にあったが、あたかも語られた「言葉」のようにそれが〈聞こえる〉のであった。

『なぜあんな何でもないことを覚えているのだろう、そしてあの言葉を聞いたとき、ひどく驚いたのはどうしてなんだろう』

初めて見た家の印象と母の言葉についてはふとした折に思い起こされ、その度に微かな疑問符がついてまわったが、結局そのまま今にいたってしまった。

それまでもたくさんの言葉に囲まれていたはずだが、言語による記憶は深い霧の中に閉ざされて、思い出は消音されたテレビの映像のようにしかとらえられない。最近ようやくわかってきたことがある。私があのとき驚いたのは「後ろから聞こえた」母の言葉のせいでもなく、「きょうからこの家に住む」という事実のためでもなく、増殖していく「言葉についての体験」

というものを初めて知ったためなのではないかということである。

この時期以降、思い出が具体的な言葉によって形づくられていくようになるように思われるのだが、どうだろう。


幼稚園に行かせてもらえなかったせいで、私は午前中をなんとなく弟と過ごし、午後は幼稚園を終えて家に帰ってきている近所の「タカコちゃん」と一緒に遊んだ。幼稚園がどんなところなのか知らなかったが、タカコちゃんに「幼稚園に行かないの?」と聞かれて私も少し気になった。

『子どもはみんな行くところみたいなのに、なぜ私だけ行かないのだろう、行かなくてもいいのだろうか』(なにしろ近所中で午前中ブラブラしている子どもは私だけだったので)、そんな気持ちで母に聞いてみた。

母の答えは、(学校に上がるまで)もう中途半端なんだから行ってもしょうがないし、第一入れてもくれないというものだった。

『でもそれは本当の理由じゃない』

私にはわかっていた。幼稚園なんてものは子どもを遊ばせるだけのところだと両親は考えているようだし、家にはそんなところにお金を使う経済的余裕なんてなかったのだ。

私は、それ以降二度と幼稚園のことについて家で話さなかった。もちろんそれは母の言葉に納得したからというのではなく、行けないという現実のほうが確かであるなら私にはそれを受け入れるより他選択の余地はないと思ったからだった。行けないという現実があるのに、〈中途であろうが入ることに問題はないし、みんなそうしている〉と抗弁するのはあまりにも空しい。それでも誰かに説明するときは母が言ったのと同じ言葉で行けない理由を伝えた。

タカコちゃんに話すとき、あたかもまっとうな理由らしく思われるように母の言葉をさらに誇張して一生懸命話している自分を見ている自分がいるような気がした。自分がなんのためにそんなことをしてしまうのか、よくわからなかった。

幼稚園に行けないというのはちょっぴり残念な気がしたが、寝坊の私にとって都合のいいことでもあった。ぐずぐずと起き出してようやくお昼ご飯を食べ終わる頃、タカコちゃんは幼稚園から帰ってくる。タカコちゃんと遊べれば、別にそれでよかった。

同じ小学校に上がったばかりのタカコちゃんは、お父さんの仕事の関係で和歌山に引っ越すことになってしまった。日本橋に引っ越してきてすぐ仲のいい友だちになれたタカコちゃんが私と入れ替わるようにいなくなってしまうのが淋しかった。一人っ子だったタカコちゃんにしても、生まれてからずっと住みなれた日本橋を離れていくのは不安だったのではないだろうか。やがて、まもなく別れの日が来てタカコちゃんの一家は和歌山に引っ越して行った。タカコちゃんはなんども「和歌山に遊びにきて」と言い、その度に私は「うん、行く」と答えた。いつかまた会えるような気がしていたが、結局それっきり再会することはなかった。

和歌山にはまだ一度も訪れたことがない。ただ、今でも「和歌山」の地名を耳にするたび連鎖的に「タカコちゃん」が思い出され、ふっと訪れてみたくなったりする。その後どんなところで彼女は成長し、どんな大人になっているのだろうか。できれば彼女に気づかれないようにして、遠くからそっと見てみたい気がする。

私には地元の小学校の入学の案内がこなかった。両親は待っていればいつかくるものと高を括っていたらしい。ついにしびれを切らした父が学校を訪れて、「真相」が判明した。当時、朝鮮人の子は就学の対象外でいくら待ってもくるはずがなかったのである。

小学校の入学式の写真には制服の同級生に混じって一人、白っぽいスーツ姿の小柄な女の子が写っている、それが私だ。急遽、学校に掛け合い、私をその地元の小学校に入れさせてもらったものの、制服の注文には間に合わなかったということをずっと後で母に聞いた。結果的に日本の学校にお願いするような形になったことについて、父は複雑な思いだったに違いない。父は解放直後、関西のほうで民族学校の教員をしていた。学校弾圧でそこを追われたことのあった父は、このとき何を思ったことだろう、自分の子を含め、日本で暮らす朝鮮の子どもたちの行く末について。

小学校に上がった後、幼稚園に行かなかったことがスタートラインでの決定的な出遅れだったということに気づいた。読み書きから始まって、給食が全然たべられなかったことや、集団でなにかすること、〈先生〉という存在に対して机を並べた子どもたちがイスに座り、終業のベルが鳴るまでじっとしていること、あるいは友だち関係についてはもうみんなすでに幼稚園時代の知り合いでかたまっていて私の入る余地などなかったことなどなど、入っていきなり落ちこぼれだった。それでもそのことをほとんど意識せずにいられたのは、よっぽどぼんやりしていたせいだろう。

タカコちゃんがいれば、学校での私の状況もずいぶん変わっていたのかもしれないが、積極的に新しい友だちをつくろうともせず、かといってなんとなくできていた大小のグループに入れてもらうという発想もなく、激変した環境で「学校」をながめてそれなりに楽しんでいた。ただ給食だけはどうしてもだめで、低学年の頃ほとんど昼休みの時間は、もうすっかり冷めてしまった脱脂粉乳やおかずをいつかたづけたらよいものやら悩み続けることに費やされてしまった。脱脂粉乳は冷めれば冷めるほど不愉快なにおいが増し、飲みづらくなるのはわかっていたが、吐き気を押さえながら一気に呑みこむためには冷ましておかなければならなかった。それは体験から学んだ〈学習の成果〉ともいえる。とにかく給食は味も量もすべて私には合わなかった。

入ってすぐの学校の具体的な思い出といったら、給食での居残り〈昼休み時間全部を費やしてもどうしても食べられず、一人教室に残されて、放課後五、六年生のクラブ活動を横目でながめていたような記憶がある。それらの給食はついに食べ切ったのかどうかは全く覚えてはいない）と、隣の席に座っていた男の子の持ち物に異常な関心を示したことぐらいだ。授業にはほとんど興味がなかった。そんなことより、筆箱やら下敷き、鉛筆といったものに目を奪われ夢中になった。授業中、私は隣の席のO君の筆箱をひっくり返してみたり、鉛筆をころがしたり、そんなことばかりしていた。O君はいつも少し困った風にしていたが、一度も怒った顔を私にみせたりはしなかった。

なぜ、O君がいきなり私の席の隣だったのか、長い間不思議だった。偶然にしてはよくできすぎていたからだ。だがどう考えても偶然ではないのである。男の子で一番背の高かったO君に合わせるように私たちの机は一番後ろにあったが（当時机は一人に一つというのでなく、二つ分の机が横長に合体したような造りになっているので、隣の席の子というのはまさしく同じ一つの机を共有しあう存在だった）、私はO君とは逆に女の子の中でも小柄なほうで、まともに私に席が与えられるならば一番前に座らされるはずだったからだ。

ではなぜ、私はO君の隣に座らされたのか。「申し送り」というものがあるということをずっと後になって知った。地元での生活も短く、幼稚園にも通わず、まして朝鮮人だった。日本橋にいた間、日本名でまわりにも日本人を装って家族は暮らしていたが、学校や担任の教師は私についてある程度の状況把握をしていたのだと思う。O君はおっとりとした性格で、しかも小学校の六年間ずっと学級委員をするような優等生だった。先生はO君に私の面倒をみさせる気だったにちがいない。O君にはとんでもない災難だったろう。

授業は退屈だった。わからないというより、わかろうという意欲そのものがなかった。私とはまったく関わりのないことが毎時間繰り返されていて、文房具への関心がおさまると終業までの時間がやたら長く感じられてならなかった。終われば終わったで給食があるわけだから、私はよほどがまん強い子どもだったとも言えるのかもしれない。いや、がまんして無理やり行ったという記憶はない。勉強や給食以外に、何か私をひきつけるものが学校にあったのだろう。

そういえば宿題もあまりやった覚えがないし、忘れ物もしょっちゅうだった。勉強するという概念がないのだからあたりまえのことかもしれないが。

この当時、私にとって学校というのは何だったのだろう。

学校で「お客さん」だった私は、放課後ようやく本来の私に帰ることができた。いつも三歳下の弟を連れて歩かなければいけないというのがハンディだったが、放課後の遊びの仲間たちは年上の子も年下の子も混じっているので気にならなかった。みんな自分の役割を心得ていたようだ。小さな子のことは誰も気にかけていたし、小さな子はその子なりにみんなの足手まといにならないようによくいうことをきいていた。だからそういう集団で遊ぶのは楽しかった。一人で弟を連れて友だちと遊ぶときはこうはいかなかった。私たちが自分たちの年齢に合った遊びをすると、弟はふくれて勝手にどこかに行ってしまいかねないし、弟に合わせて遊べば本当に子守りをしている気分でちっともおもしろくなかった。

遊びに行くときに弟を連れていかなければならないというのは父の絶対命令だった。長女は損だと思った。けんかをしたら（弟のほうが明らかに悪くても）怒られるのは私で、欲しい物があるときに駄々をこねて結局手に入れるのは弟だった。私はめったに物を欲しがらない子どもだったと自分では思っている。それでもたまに意を決して母にねだったとき、それがどんな言い方であってもダメだということがわかると二度とねだったりしなかった。こういう性格はどこで形成されたのだろう。外に出れば私が弟を守る役だ。でも私には私を守ってくれるきょうだいはいない。つくづく割に合わないと思った。

小学校三、四年の頃だったろうか。その頃には不思議なことに学校の勉強のほうはおちこぼれもせずなんとか無難にこなし、まわりの大人たちに「素直で良い子」と言われる普通のその辺の女の子になっていた。自分でもそのことを意識し、なんとかその「地位」を守るよう心がけた。なぜなら、「素直で良い子」でいて、学校でまともな成績でいるかぎり、「世界」は私にとってとても居心地のいいところとなるからだ。それが学校で学んだ最大のことになるのかもしれない。

もう弟も一人遊びができるようになっていたのか、ある日、私は一人で近所の同級生の家に出かけた。特に親しい友だちというのはまだいなくて、彼女の家に行こうと思ったのはたまたま彼女の家が私の家から一番近かったから、という安易な動機からだった。

いつもならたいてい学校で誰かと放課後どうするか決めていったん別れるのに、その日は誰とも約束をしていなかった。家は喫茶店をしていて両親とも忙しくしていたし、弟からも解放されたというのに晩御飯までの時間をどうしたらいいかわからなかった。

家に帰ってしばらく考え、「Mさんの家に行ってみよう」と思った。遊びの約束をしていないというのが少しひっかかったが、まあ遊べないなら遊べないときのことだ、とすぐに思い直した。だが、やはり考えてみればMさんの家に一人で行くのは初めてのことだった。たいていは誰かと一緒だったのに、その日はたまたま一緒に行く子もいなかった。やめようか、どうしようか思い悩んでいるうちに（何しろMさんの家は私の家からわずか三軒先にあったので）M外科病院の前まで来てしまった。今さら引き返すこともできず、病院のほうの玄関から入って、受付でMさんを呼び出してもらった。それがMさんの家の習慣だった。Mさんはいったん病院の玄関を私と一緒に出て、母屋に続く通用口のほうに私を招いた。通用口を入ってほんの少し歩いたところでMさんが突然クルリと私を押しとどめるように振り向いて言った。

「きょう、……遊べないの」

「えっ？　なんで」いきなりのことでよくわからなかった。これから何して遊ぼうと考えていたところだ。だがすぐに不審が生まれた。

『それなら、さっきなんで玄関のところで言わなかったのだろう』

Mさんはもじもじするだけでなかなか返事をしない。理由を言ってくれないことがますます不審をつのらせた。私にもなんとなくわかりはじめた。

『Mさんが言ってるのは、〈きょう〉遊べないということじゃない、〈私と〉遊べないということだ』

「なぜ、遊べないの？」返事を聞かないことには一歩も動かないという迫り方でMさんを問いつめた。Mさんは観念したのか、ようやく重い口を開いた。

「お母さんにタカモトさんと遊んじゃいけないって、言われたの」

「なぜ、遊んじゃいけないの？」そう彼女を問いつめながら、途中でハッと思い当たるものに気づいた。それはふだん胸のごく片隅に追いやっているものだった。その瞬間、顔が熱くほてり、Mさんに見られているという意識でいっぱいになった。そのことで心がひるんだが、逆に意地でも聞きたださないわけにはいかないと覚悟した。

『もう後には引けない』さらに彼女を睨みつけながら返事を待った。

「干してある洗濯物があるでしょ、それが家からよく見えるの。それで、タカモトさんちの下着が派手なの。そういう下着を干しているような家の子と遊んじゃいけないって」

最初Mさんが何を言っているのかわからなかった。私が想像し覚悟していたのとMさんのお母さんの「独創的な理由」があまりにもかけ離れすぎていて、思考の回路がつながらなかったということもある。だがすぐに、その二つは別のことではない、同じ一つのことに結びついているとわかった。

『それは本当の理由じゃない。本当のことを隠すための言葉だ』

Mさんは自分でも困っている風だった。あるいは恥ずかしかったのか。何に対して？　今しゃべっている内容について？　こんなことを自分に言わせた私に対して？　それともこんなことを自分に言わせる母親をもったことに対して？

Mさんのお母さんの言っていることは理不尽なことだった。子どもでもわかるというより、子どもだからこそよくわかる理不尽さだった。だから、Mさんはあんなに言いしぶったのだということがよくわかった。

だがもう私にはどうでもいいことだった。「あ、そう」とMさんに小さく一言告げただけで、その場を立ち去った。頭のてっぺんまでのぼりつめた怒りは一気に冷めて、かわりに胸にぽっかり穴が空いてしまったようだった。

私が一瞬ひるんだのは、『何か、どこかで失敗をしたのか？』ということでだった。私はその頃、油断をしていた。勉強なんかではるかに私のほうがMさんよりできるし、誰にだって「良い子」で通っているんだから、と勝手に思いこんでいた。私は朝鮮学校に通う従姉妹たちに「パンチョッパリ」と言われ、それが「日本人みたいだ」と私を揶揄する言葉だと薄々知りながらも日本人らしく見えることは何かいいことであるかのように思われ、嫌な気持ちになることはなかった。どちらにしても日本橋で暮らすためには日本人らしく見える必要があったのだ。

だが、従姉妹や三河島の朝鮮人たちには日本人みたいと言われても、本物の日本人には朝鮮人だとかぎつけられる何かがあって、それをうっかり見落としていたのかとギクッとした。と同時に、とにかくはっきりしたのはよかったと妙に冷めた気持ちになったのも確かだ。私はMさんの家で歓迎されない存在だということだ。どんな理由があろうと、それが現実だ。

『それなら最初からそう言えばいいじゃない。この〈私だから〉遊んじゃいけないんだって。それが理由なんだって言えばいいじゃない。Mさんのお母さんはずるい』

もうどこかへ遊びにでかける気力は失せていた。家に帰って三階の屋上まで上がり、風に翻る洗濯物をぼんやりながめながら、Mさんのお母さんの言葉をもう一度反芻してみた。

『派手な下着って、どれだろう?』当時私の家には住み込みで働く女の人が一、二人いて、Mさんのお母さんが指摘するような下着を身に着ける人間がいるとしたら彼女たちのものだった。どれが派手なのか、子どもの私にはわからなかった。色も形も素材もごく普通のものにしか見えなかった。いや、そんなことは初めからわかっていたことだった。それでも自分の目で確かめてみないことには気がすまなかっただけだ。

『理由は違うんでしょ?』家の屋上から、Mさんの家をながめ、いったいどの窓からどんな目でMさんのお母さんがこちらを観察していたのか考えるうちに、いったん冷めた怒りがまた沸々と湧いてきた。そして痛みをともなう哀しみもまた同時に。

「水商売」という言葉が「まっとうな職業」(?)からすればそれを一段下に見るような空気が色濃くあった時代だった。だが、私のごく身近な親戚や朝鮮人を見るかぎり、皆いわゆる

「水商売」で生計をたてていた。子どもの私でもとっくにわかっていたのは朝鮮人が「水商売」をするのは世間で言われるような「まっとうな職業」からそもそも締め出されているからだということだった。朝鮮人はいくら能力があっても仕事を選ぶ立場に立つことはできず、それでも家族を養うために必死で働かなければならなかった。自分の親を見ればそれはよくわかることだった。

以前父が私に言ったことを、このとき改めて考えてみた。

小学校に上がる頃だったか、ある日父は「ちょっと、ここにきて座りなさい」と私を呼びつけた。そんな風に父が言うときはたいていたい叱られるようなときだったので、少し緊張しながら父の前に座った。

「きょうはちょっと大事な話があるから、ちゃんと聞いておきなさい」そんな風に話し始める父を見るのは初めてで、叱られるのではないらしいとほっと安心しながらも『いったいなんだろう?』とよけい不安になった。

「お前は自分が朝鮮人だというのは知ってるね。前住んでいたところはまわりはみんな朝鮮人だった。でもここは違う。うちの家族以外はみんな日本人だ。ここで日本人のお客さんを相手に商売をやっていかなくてはならないんだ。もしも同じ品を売っているとしたら、日本人は朝鮮人の店にはこないで日本人の店に行くものなんだよ。だからここで商売をやって暮らしていくためには日本人のふりをしていかなければいけないんだよ。でもそれは日本人になれということではない。今はそうしなくては生きていけないからだ。日本人の学校に行くのはそこで知識を学んで技術を身につけ、いつか祖国に役立つ人間になるためなんだよ。お前は日本の学校に行ってもそのことを決して忘れちゃいけない」

父はどんなつもりでいきなりこんなことを私に告げたのだろう。時期的なことから考えてみると、私の小学校入学にからんでのゴタゴタの頃と重なるような気もするが、なんともいえない。だが不思議に幼い私の心にも深くしみ込み、その後ときどき取り出してみては父の言葉について考えるようになったのだった。

Mさんのお母さんの言葉がひどくいやらしいものに感じられたのは、「派手な下着を着ている」というういかにも一見まともに見える理由のせいだった。喫茶店をしているからとか、水商売だから、とかではなかった。まして朝鮮人だからとは言わなかった。「派手な下着」は着ることも着ないこともできる、だからそれを着ている側の品性に問題があり責任があると言いたげだった。そしてそれを着ている人間を雇っているような家の子と遊んではいけないと言っている。

だが、私の家は喫茶店であり「派手な下着」から連想される何か怪しげなことをしていたわけではない。住み込みで働いていた女性や夫婦も地方から上京してきたばかりといった、純朴な日本人たちだった。

誤解されるといけないが、私は怪しげなこともしていないのに不当なことを言われ傷ついたといっているのではない。そんなことで人は傷ついたりしない。少なくともズタズタにはしない。Mさんのお母さんの言葉が、本当のことを避けそのことをあいまいにぼかすための言葉であることぐらい誰でもわかる。Mさんのお母さんが言いたい本当のことは、朝鮮人が自分の家のすぐ傍で水商売をやって目障りだということであり、それを言うと自分が悪者になるから言わないだけなんだということだった。

そして、私や親たちが商売のことや、まして朝鮮人であることは選ぶことができないということも。

この日、私はずいぶん長いこと屋上の片隅に座って考え続けていたような気がする。Mさんのお母さんの言葉は父や母に言うべきことなのかどうか。こんなこと言われたから派手な下着なんか絶対に干さないようにと母に言うのか。あるいは、喫茶店なんてやめて会社員になって欲しいと父に頼むのか。どう考えても言えるわけがなかった。Mさんのお母さんの言葉はそんな表面的なことですむようなことでなく、もっと自分ではどうすることもできないことについて一方的に断罪しているのだから。私でさえ傷ついたのに、両親が傷つかないはずはなかった。生きるために二人は真剣だったし、必死だったのを私は傍でずっと見てきたのだから。父やにとってはいろいろな選択肢の中から選んだ仕事でないことも私はすでにわかっていた。

母に家の商売をやめてほしいということは、ここで生きるのをやめて欲しいということでもある。

Mさんのお母さんの言葉がただ私一人に向けられたものでなく、私の家族、親戚、幼い日々を過ごした三河島の朝鮮市場の人びと、そして私もその一員であるところの朝鮮人全体に対してのものであることに思い当たったときに、父の言葉の意味が改めてわかってきた。

日本人の振りをするというのはとても生易しいことではない、どこまで行っても朝鮮人であることはついてまわる、決して逃げられない。私の家の洗濯物を監視するMさんのお母さんの目は日本人全体の目だった。

私は結局、この日のできごとについて誰にも言わず、自分の胸の内に封印することにした。そして封印されたことによって、今も克明に記憶されるできごととなってしまったのかもしれない。

日本橋で、この、先ずっと「朝鮮人が何かしでかさないか」という視線にさらされて生きていくのだと思い絶望したとき、私の心は三河島へと帰っていった。それは三河島で暮らした日々だけが、ありのままの私でいることが許された時間だったということに行きつくほかなかった。それはあまりにもわずかな時間であったし、幼なかったとはいえあまりにも無自覚な日々でもあった。

なぜ私はその場所からいきなり連れ出されなければならなかったのだろう。少なくとも今いるこの場所（日本橋）は私の場所ではなかった。私の場所として与えられているのは日本人の振りを装う「仮の私」であって、ありのままの私ではない。ありのままの私は受け入れられない。三河島で生活するいとこたちには彼らの仲間がいて、彼らの場所があった。日本橋の同級生たちもそうだった。それは普通の人であればあたりまえに与えられるものに思えてならなかった。

それなのに、なぜ私だけ失われてしまったのか、しかも永遠に失われてしまったと思うようになったのか。そんな思いにその後もずっととりつかれるのである。

（「踊りの場5」『海峡』19号、二〇〇〇年）

ヒサコ

夢は現実ではない。未だ体験されない未来がそこに現れるわけではないし、過去の体験の再現でもない。

頭の中で勝手につくり出した世界がそこにあるだけだ。

だとしたら、夢の中で苦しんだり哀しんだりすること、あるいは目覚めた後も自分の夢に傷つくというのはいったいどういうことなのか。

「自分の夢に呪縛されている。自分を苦しめるのは他でもないこの私なのだ」

そういくら言い聞かせても、見た夢の色合いに染まるのはいともたやすい。

なぜ、夢に翻弄されてしまうのか。

夢もまた〝現実〟だからか。私の頭がつくり出した〝現実〟がそこにあるからなのか。私は他の誰よりも自分が何に傷つき苦しむのかを知っており、それを見事に物語化し映像化して自分自身に見せるという自虐の果てしなさに絶望する。

問題は夢そのものの側にあるのではなく、そのような夢を夢見る私の思いの側にある。

夢ではない現実の苦しみや哀しみの根拠もまた、おそらくそういうことなのだろう。

ごく稀に、明るく希望に満ちた夢というのも見ることがある。だが、すぐに本物の現実に直面しその場で雲散霧消してしまう。

こちらのほうはまさに夢らしい夢の顛末をたどるわけだ。

なんだか少し不公平な気がする。

幾度も繰り返し思い起こす過去の出来事というのは時間が経つほど夢に似てくる。それは現実にあったことなのか、ある時点で頭の中に棲みついた思いの記憶なのか、わからなくなってくる。

ヒサコのことは夢なのだろうか。思い出として語るにはあまりにも私自身が幼すぎる昔のことだ。

今では夢に近くなってしまった思い出。

夢だとしたら、いったいどんな夢だと言えばいいのだろうか。


一九六〇年、私が小学校へ上がった年だ。

この年の一一月初め、母方の一族は総出で新潟へ向かった。私と同じ年のいとこのヒサコの一家が北朝鮮（朝鮮民主主義人民共和国）へ帰国するのを見送るためだった。

新潟の市内をバスで走ったとき、雪が散らついていた。窓の外の雪に気をとられ、一瞬心が浮き立った。灰色の市内にボソボソと降るような雪だったが、妙に本物の雪に出会ったような印象として残った。私の記憶に残る初めての雪だ。

ヒサコの一家が北朝鮮へ帰ることを知ってから新潟の岸壁に至るまでの何やかやを不思議なほど鮮明に覚えている。

いや、経緯の記憶ではなく、考え感じていたことの記憶だ。

別れる間際の岸壁では、船上のヒサコの小さな顔だけを見つめていた。

私はまだこのときも懸命に考えていた。この事態を受けとめ理解するには全てが不足していた。わかっていたことの中核にあるものは「もうヒサコとは永久に会えない」ということだ。いやもう一つ、微かにわかっていたことがある。少なくともヒサコたちは自分の国に帰るのだということ。

だがそれは単にそういう状況の確認にすぎない。わかるということが別のところにあるような気がしたが、それはスルリスルリと逃げていってどうしてもつかめなかった。

ヒサコが行ってしまうまでにわからなければいけないのに、ただ私のまわりで時間だけが定刻どおりに過ぎていって、今はもう最後の場面に立たされているのだった。

私の隣に立っていた三つ年上のいとこの姉さんは先ほどからずっと泣いていた。そっとまわりを見渡すと誰もが涙を流しており、私だけが一人取り残されてしまっていた。なぜか涙が出てこなかった。

私がこの直後大泣きしたのは、悲しみがある臨界に達し涙となってあふれ出たからというのではない。

逆だ。あのとき、私はかなり無理して泣くふりをしようとしていた。ようやく一粒の涙をこしらえてホッとしたら、今度は涙が止まらなくなってしまっていた。

そして、ヒサコが去ってしまうことが何なのか、わかった。悲しいことなのだ。

ヒサコと二度と会えないのは悲しい、そんなことは嫌だ、ということだった。

こんなにも簡単なことがわからなかった。おそらく、私はそれまで〝悲しい〟という感情のことを知らなかったのだと思う。

人は誰も個人的な体験の中で、さまざまの感情もまた認知していくのだろうが、ヒサコとの別れによって、「悲しい」という感情が初めて刻印されたのだった。

それはヒサコに伝えておかなければならない一番大切なことだったが、私たちはすでに隔てられ、手遅れだった。

いろいろなことが一時に了解され、それは悲しいという感情をさらにかきたてたが、身体全体で悲しみ、ボタボタ涙を流すことで心が浄化されるような晴れやかさも覚えていた。

隣のいとこがチラリと私のほうをうかがい、ハンカチを渡してくれた。彼女は、私みたいな子どもが泣くなんて意外だという風に少し微笑んだ。

私は最初に自分が嘘泣きをしたことを忘れていなかったので、無理に背伸びして大人の仲間入りをしようとしていると見透かされたようで気恥ずかしかった。だが同時に悲しみの大きさはコントロールできない状態にまで高まり、涙を止めることはできなかった。

港全体は別れのムード作りの中で徐々に盛り上がりつつあった。

突然、出航を知らせる汽笛が港全体に鳴り響いた。その直後、「ウォーッ」という怒号のように聞こえたそれは、一人ひとりの身体の内側から出てくるうめきの重なり合ったものだった。絶叫で港全体が満たされるのはその後だ。

あのとき、誰もが声を限りに叫んでいたが、何を叫んでいたのだろうか。

彼らもまた、私同様に、今初めて「わかった」人々だったのだろうか。ふと見回して「これは夢じゃない、現実なんだ」と気づいた人々だったのだろうか。

今でも不思議でならないのは、あのときヒサコが最後まで泣かなかったことだ。まわりのみんなが泣いている中で、ヒサコ一人がいつまでもただぼんやりと私たちをながめているように見えた。

この情景は私の夢に時折現れ、その度に私を混乱させる。

最後の別れの場面で私が見つめているのは船上のヒサコではなく、港に立つ私自身だ。どこにもヒサコはいない。港に立って船を見送るのも、船の上から港に立つ私自身の背後に広がる景色を眺めているのも私なのだ。

ねぼけた頭の中で懸命に確認しようとする。「私」とは何なのか、そして「どこ」にいるのかと。未だかつて本当の答えが得られた試しはないのだが。

私のランドセルはヒサコの父さんが入学祝いにとくれたものだった。同い年の自分の娘に与えたのと同じものだった。

私はつい最近までこのランドセルはヒサコの父さんの手作りのものだと思い込んでいた。先日、母の妹である叔母にそのことを話すと、あきれた風に笑われた。彼女の言葉によると、ただ一言、

「そういうタイプの人じゃない」

私にランドセルをくれたのは事実だったとしても、それが義兄の手作りであるはずがないというのである。「あの人は職人だとか、地道に生きるということから縁遠い人で、だからこそいろんな事業に手を出しては失敗し、借金をこしらえたあげく日本で生活していけなくなったのよ……」というのが叔母の言葉を要約したものになる。

私はどこでどう思い違いをしてしまったのだろう。ランドセルをもらったときから、ヒサコの父さんは貧しいかばん作りの職人だと思っていた。自分の手で作ったランドセルを私とヒサコにくれたのは、伯父ができるせい一杯のお祝いのしるしなんだと思い込んでいた。

このランドセルはとても上質のものだった。上蓋は良質なコードバンだったらしく、クラスメートが長年使ううちにしわが寄ってくたびれた雰囲気を漂わす頃になっても私のランドセルだけは最初もらったときのままいつまで経ってもへたる様子がなかった。

何より特徴的だったのは留め具の部分だった。最近の子どもたちが使うランドセルは全てワンタッチ式の留め具になっているが、当時は二本のベルト式になっているのが最も一般的なスタイルだった。

その時代に、私のランドセルだけがクラスでただ一人のワンタッチ式のものだった。

私は何故かそのことを他の子に知られたくなかった。開け閉めする度に気になり、次第にランドセルの存在そのものがうとましいものになっていった。

最初からそうだったのではなかった気がする。いつの頃からか徐々に圧迫感が沈殿していった。自分のランドセルだけが他の皆と違う。似ているようだが違っていて、それを私だけが知っている——私の神経をいらだたせたのはこのことだった。

なぜこんなことにひっかかるのかはわかっていなかった。ただ、このランドセルから逃れられる日がくることをひたすら願っていた。

誰にもそのことは言えなかった。

ヒサコの父さんが、貧しい中で一生懸命、最高のランドセルを作ってくれたものだった（と思い込んでいた）からだし、朝鮮へ帰ってしまったヒサコと私を繋ぐ大切なものだということを忘れることがなかったからだった。

父や母に言えば、ヒサコやヒサコの父さんを傷つけることになるし、祖国である朝鮮を傷つけることになるように思われてならなかった。私は無意識のうちに、日本人に囲まれて生きる私自身の存在とランドセルとを重ね合わせて見るようになっていた。どれもすべて私にとって守り続けたい大切なものなのに、なぜか同時に逃れたいものだった。

三河島の朝鮮市場を離れ、日本橋へ移り住む年月が長くなるにつれ、私の内部にさまざまな捻れが生じ始めていた。それは私の存在自体を押しつぶしかねない決定的なものへとなっていくが、まだこの時点では無意識の奥底に沈んだ小石程度のものだった。


ヒサコの顔をはっきりと思い浮かべることができる。顔というより表情だろうか。

ほんの少し上目づかいで私を見ている。いじわるされた子が何も言い返せずに相手をじっと見つめる目。すねているのではなく、途方に暮れた哀しげな表情。

ヒサコのことを思い返していて何より驚いたのはこの表情のことだった。

同じ年で女同士というのが一番の理由だったが、ヒサコは誰よりも身近に感じられる存在だった。会えば必ずどこへ行くのも一緒だったし、姿が見えなければ伯父、伯母たちへの挨拶もそこそこに「ヒサコは？」だった。そんな記憶が強くあったせいなのか、長い間、それは「仲がよかった証拠」なんだと思っていた。

ところが最近少し不安だ。遊びの場面のヒサコの顔が笑っていない。いつだって浮かんでくるのは泣き出す寸前の顔だ。

押し黙ったまま向かい合い、ヒサコは傷ついた動物の瞳をして私を見つめている。

当時、私はもう三河島から日本橋へ移り住んでいて、ヒサコの一家や他のいとこたちと離れ自分一人がよそ者になりつつある不安を感じるようになっていた。そして日本橋では正真正銘のよそ者だった。

ヒサコには、やさしくて頼りになる兄さんもいたし、そして何よりも、ヒサコはヒサコのままでいることが許される世界に住んでいた。

民族学校に通うヒサコやいとこたちは私の知らない共通の話題を持ち、お互いだけに通じ合う言葉を持つようになっていた。

私はそのことに焦燥感を覚え、ヒサコといとこの間に無理矢理入り込もうとしていたのではないだろうか。

心理学の分野から分析すれば、いじめっ子における典型的な心理と行動という風に解釈されるに違いないだろう。だが、私にはやはり不思議でならない。

なぜ、ヒサコにいじわるをして仲間はずれにすれば私の心が満たされると、そんな風に思い込んだりしたのか、なぜ孤独感やら疎外感からの逃げ場を身近な人間を傷つけることに見出したりしようとしたのだろうか。幼い心や傷ついた弱い心はなぜこんな風に残酷なことをすることで癒されようとするのだろうか。

きっとどこからか困らせるネタを探してきていじわるをしたに違いない。

ふと気づくとヒサコが今にも泣きそうな顔をして私を見つめている。

そのときになって初めて〝やりすぎた〟と思い、ほんの少し胸も痛むのだが、結局のところいつだってヒサコを泣かす寸前のところまで追いつめない限り、私は自分のしていることを止められなかった。

ヒサコをいじめたという具体的な記憶が何一つとしてないのだから、こんな風に思い込むのは間違いなのかもしれない。

それでも思い出の中に鮮明に浮かび上がってくるのはいつだって、うるんだ瞳で何も言わずにくちびるをかみしめて私を見つめるヒサコの表情であり、チクリと胸を刺す痛みなのだ。もしも記憶の中のヒサコが笑っているのなら、私の思い出の色合いは全て変わるのだろう。


ヒサコは私の母の姉の子だった。母は二男三女のちょうど真ん中で、長女であるヒサコの母さんとは十以上も歳が離れていた。

小さい頃からヒサコの母さんについてよく聞かされている。主に母からだ。

「辛抱強い人よ。どんなに苦しいときでも弱音を吐いたり、辛そうな嫌な顔をしたりするのを見たことがないのよ」

ヒサコの母さんは七、八歳の頃、母親とともに故郷である済州島から日本の大阪にやってきた。祖父は長男である伯父とともにそれ以前に日本に来ていたが、音信のないまま待たされるのに祖母はおそらくしびれを切らしたのだろう。

「きょうだいのうちでヒサコの母さんだけは一度も学校の門をくぐったことがなかったの。八つのときからもう働きに出て、家にお金を入れていたのよ。

そんな小さい子が何したと思う？　今じゃ考えられないことだけど、ほら、チャックがあるじゃない、昔はあの一つひとつのつめを手ではめ込んでいったのよ、そんな仕事があったの。一センチにつきいくら、という風にね。ヒサコの母さんが目を悪くしたのはこの仕事のせいよ。でもヒサコの母さんばかりじゃないわ、当時、朝鮮から日本に来た人たちは大なり小なり、そんな風にして生きていくほかなかったのよ」

母はヒサコの母さんについての話をこれまできちんと話しきってくれた覚えがない。姉に対する思いが未だに強く尾をひいているのか、話の冒頭の部分で泣きはじめてしまうのでいつだって話は尻切れトンボだ。あるときにはこんな話も聞いた。

「姉さんだって若いときにはおしゃれしたかったと思う。同じ年頃の女の人がお化粧したりしてどんどんきれいになっていくのを見て、きっと姉さんだってそうしたかったと思うの。でも外で働いたお金は全部家計に回してた。お父さんはそれを当たり前だと思っていたかもしれないけれど、私なら絶対がまんできなかったと思う。ただ自分が長女だからということだけではね。でもね、姉さんはどんなときでも自分がみんなの犠牲になっているとか、不幸だとかそんな顔を見せたことがなかった。そういえば怒った顔も見たことがない」

母の話をよくよく聞くと、つまりヒサコの母さんというのは、私の母と正反対の人だということになる。母もまた長い離別の中で一つの理想をつくり上げたのだろうか。

母の話の本題は別のところにあると思われる。若い頃からそんな苦労を重ねて、実の妹から見たって申し分なくいい人が、なんで結婚してからも苦労し続けなければいけないのか、そのあげく北朝鮮に帰らなければならなかったのか、ということだ。

母の妹である叔母は少し冷めた目で見ているかもしれない。

母方の一族に共通した感情がある。ヒサコの父さんに関してだ。誰一人具体的に非難めいたことを言う人はいないのだが、それは今さら口に出して言うのも腹立たしいから、といったようなものだ。私の思い過ごしだろうか。

「どこの学校を出たというわけでもないけれど、もともと頭のいい人だったみたいよ。戦後の混乱期のまだ間もない頃、人に頼まれて裁判所に持っていくような書類を作ったり、代書屋さんみたいな仕事ね、そんな仕事もしていたぐらいだし……。でもね、多分その頭のいいってことがいろんな事業に手を出さずにいられなかったということなのかしらね。どれもこれも失敗して、その度に借金が増えて、それで最後にはもう朝鮮へ帰る以外なくなったのよ」

叔母の言葉はおそらく事実なのだろう。

だがこれは叔母の感情に根ざした言葉ではない。姪である私に向けた公式発言のようなものだ。ヒサコたち一家が朝鮮へ帰ると決めた頃、毎週のように親族の集まりがあった。だいぶ後になって知ったが、私の母が誰よりも強く反対し続けたらしい。

今でも時折くる北朝鮮からの頼りというのは、たいてい生活苦を訴えるものであったり送金や物資の無心であったりすることが多いのだが、母はそのことに強い拒絶の感情を示す。「だからあのとき、あんなに泣いてまで引き止めたのに」という思いと、日本で生活しているからといって決して思いどおりに生きられない自らの境遇へのいらだちのせいである。

母の思いはさらに発展していく。

「私の姉さんはどんなに困っても人に無心するような人じゃなかった」

姉さんに言わせているのはその夫であり、家族に違いない。そんな風に考えているようだ。

ヒサコの一家が北朝鮮へ帰るということを私が知ったのはいつ頃だったのだろう。思い出せない。ただ知ったときにはすでに決定事項であった気がする。

帰国の日が近づくにつれ頻繁に集まるようになった親戚同士の話題の中で私が今でもはっきり覚えているのは食べ物のことだ。北朝鮮に行けばこの先食べられないものの代表格はチョコレートとミカンだった。

考えてみれば残酷な話だ。もう二度と食べられないと覚悟している人たちに向かって（実際食べられるか、食べられないかは問題ではない）、自分たちは好きなだけ食べられるけれども、あなたたちはもうそんなものと縁がなくなる世界へ行くのよ、と幾度も強調するのだから。

最後の最後まで、なんとか思いとどまらせたかったのだとしか思えない。

思想がどうのこうの、祖国がどうのこうのという世界で父や母たちの世代は生きていたのではないかもしれない。父の一族も母の一族も済州島のさらに狭い地域社会の中で生き続け、その後個々の事情がどうあれ日本へ渡ってきてからも常に身近に家族や親戚たちを感じて生活してきたのだった。歴史や政治の大状況に振り回されつつも、それはささやかな幸福であったろう。

その幸福がここへ来て破綻しつつあった。

だがもう引き返せなかったのだろう。

私はミカンやチョコレートの話題とともにヒサコたちがやがて北朝鮮へ帰ることを知った。そこは私たちのソコクだが、一度行ったら二度と日本へ戻ってくることはできなかった。私たちが再び出会うには私のほうから行けばいいのだが、そうすれば今度は私が日本に戻れなくなるのだった。

なぜ？　とは一度も考えなかった。有無を言わさず、選択の余地すらなくそういうことを受け入れなければならないと感じていただけだ。

ヒサコも私も小学校へ上がったばかりで、親の運命がそのまま子どもの運命であり、進路だった。だから北朝鮮へ帰るのはヒサコではなくて、この私であっても不思議はなかった。

ヒサコが行ってしまうということを知ったときから私の内部で何かが生じた。だが私一人に起こったことではないと思う。

朝鮮へ行ってしまうヒサコのきょうだいたち――ケンジ兄さん、弟のタケシ、妹のサチコの四人――を含めて一〇人ほどのいとこ同士だったが、誰が言い出したわけでもないのにいつの間にか暗黙のルールのようなものができていた。

〝いつもと同じように遊ぶ〟ということだった。誰一人、もう別れのことに触れなかった。新潟港での別れの間際ですら、普通の鬼ごっこをしていた。このときはさすがに別れを意識しないではいられなかったが、それでも子どもたちは皆さりげないふりをしていつもどおりにふざけっこをしていた。

本当に慎重といえるぐらいだった。あれは大人たちに対するせい一杯の反抗のポーズだったのだろうか。別れについて語るのはそれを認めることになるから、それで無視することにしたのだろうか。

いや、やはり永遠の別れという概念を受け入れ、語り合うには私たちはあまりにも幼すぎたのだろう。

誰もがそれぞれの内部で懸命に向き合っていたに違いない。

私は「もう二度と会えない」ということを天秤の一方に載せ、もう一方の皿に載せたらつり合う重さについて考え続けた。

「もう二度と」というのは何かに似ている気がした。

当時私はある想念のようなものに取りつかれていた。何をきっかけにして始まったのか覚えていないが、それが現れるのはたいていいつもこれから寝ようかという布団の中でだった。

死は目覚めることを許されない眠り、いやたとえ目覚めても暗く重苦しい土に埋められ続ける状態としてイメージされた。

この状態の救い難さは、決して解き放たれることがないという点にあった。何年も、何十年も、何百年、……何億年経っても変わらない状態としてあり続ける。「もう土の下に居るのは飽きあきした」といくら思っても、絶対に、再び太陽の光を浴び、新鮮な空気を胸一杯吸い込むことはできない。決して終わりがない。

闇の世界のあとからやって来るのはいつだって闇の世界なのだ。

そんな恐ろしい死がすぐ目の前にぶら下がっているのに毎日普通の顔をして生きていられる大人たちというのが理解できなかった。

私は自分でつくりあげた死のイメージにすっかりおびえきり、酸欠気味のあえぎの中で眠り（その日の眠り）が訪れるのを待った。

死の怖ろしさは、暗闇そのものから来るのではないことをはっきりと意識していた。永遠に、もう二度と、という非人間的な顔をした絶対性が私を心底からふるえ上がらせたのである。

ヒサコとの別れは「もう二度と」というところで「死」ととてもよく似ていた。

そんな風にしてヒサコとの永遠の別れという不条理を自分の内部に刻み込んだ。

だからこそ私はあの別れ以来、ヒサコに語りかける言葉を失ってしまったのだろう。

その後私たちを取り巻く政治的な状況に多少の変化があり、別れは必ずしも永遠のものではなくなった。思い立ったそのときすぐ船に乗って……、というわけにはいかないが、会いに行くこと自体は可能だ。もちろん手紙や電話という手段という方法もある。

しかし私は一度もそんなことを考えたことすらない。ヒサコはどうだろう。

別れて四〇年近く、私たちの間で音信はない。

ヒサコは別れたあの日のまま、やせっぽちの小さな少女だ。時がそこで止まっている。


あれは、ヒサコたち一家が北朝鮮へ帰ることを知っていた年の夏だったと思う。

ヒサコの家にいとこたちみんなで遊びに行った覚えがある。

三河島に近い三ノ輪というところにヒサコの家はあった。

日中をほとんど外で遊びまわり家に戻ってくると、ヒサコの母さんが西瓜を用意して待っていてくれた。

板の間にいとこたち全員がぐるりと座り、切って出される西瓜を待つ間、私は家の中をそっと見回した。母がいつも私に言っていたほどのバラックみたいな家（「バラックみたいな家」がどんな家なのかわからなかったが）には見えなかった。私の目から見ればごく普通の家のようであり、そのことでなぜか、誰に対してかわからないがほっとしていた。

大きなお盆に盛られた西瓜は井戸に沈めて冷やしておいてくれたものだった。

小皿に塩が盛られ、いとこの誰かが西瓜全体に塩をぱらぱら振りかけた。そんな風にして食べるのが当然だ、というやり方だった。他のいとこたちもいつもそうしているのか、誰も何も言わなかった。

私にはそういう習慣がなく、少し驚き、塩のついた西瓜を食べるのに抵抗を覚えた。だがなぜか、今日、ヒサコの家でそれを言うのはよくない気がした。どんな西瓜だって、どんなものだって、ヒサコの母さんが出してくれたものなら喜んで食べなきゃいけない。そうしなければヒサコの母さんやヒサコたちを傷つけることになるように思えてならなかった。

無理してこの西瓜を買ってきてくれたんじゃないだろうか。だったら遠慮して食べたほうがいいのではないだろうか。

でも残したら「まずかったから食べなかったのね」と後でヒサコの母さんは思うかもしれない……。

いろいろの自問を繰り返した挙げ句、たくさん食べて「ああ、おいしかった。もうお腹いっぱい」と言うのが一番だという結論に達した。

このときの西瓜の味は覚えていない。ただ塩のかかった西瓜を前にして、どう食べたらいいのか、そう悩んだことだけを鮮明に覚えている。

ランドセルやら、ヒサコの家のことやら、北朝鮮へ帰らざるを得なかった（私たち一族の場合、正確には〝行かざるを得なかった〟となるのだと思うが）様々の事情など、私は母から聞かされていた「ヒサコの家はとても貧しい」ということとすべて結び合わせて、極端に思い込み過ぎていたように思われる。

実のところ「貧しい」ことの実態など何一つ認識していなかった。それは私の家が豊かだったからというわけでは全くなく（私の家も客観的に見れば経済的には常に不安定だった）、幼い子どもにとって自分に与えられた家庭が世界のすべてであり、その中で満たされる存在なのだからだと思う。ヒサコにしても、おそらく同じだろう。私はただやみくもに「お化けは怖い」と思い込むのと同じように「ヒサコの家はとても貧しい」と思っていたのにすぎない。


時間はあっという間に過ぎて、その年の冬、気がついたときには私は新潟の岸壁に立ちつくしていた。〝この日〟がいつか来るのは知っていたが、まさに今日のこの日なのだという実感が湧いてこなかった。

新潟に到着した日はどんよりしていて空に雪が舞っていたのに、今日はまるで小春日和のいい天気。帰国者たちは体育館を思わせるだだっ広い建物の中で三々五々固まり身の回りの物とともに待機させられていた。建物の周囲は広い〝公園〟のような所になっていたのではないだろうか。

ここへ来て急に時間が止まってしまったようだった。

ヒサコたち一家を総出で見送りに来ていた親戚は皆で〝公園〟に繰り出し、ピクニックか花見といった風情だった。

きょうだい同士、親子で、子どもたち同士、女たちだけ、……なんだかんだ言いながら何枚も写真を撮った。

あれほど行かないでと泣いて頼んだ私の母ももう何も言わなかった。ここへ来てからは誰も悲しんでいるそぶりを見せる者はいなかった。大人たちは皆、穏やかな優しげな表情をし、そしていつもより言葉少なかった。

乗船時刻を気にしながら、誰もがそのことを忘れようとしていた。

子どもたちはいつもと同じように遊ぶことに気を使った。私はヒサコに何か言いたかったが、何をどう言ったらいいのか、妙に言葉がなく、ただ黙って傍に寄り添う以外にできなかった。

本当にいつもどおりだったのは二歳になったばかりのサチコだけだったろう。ヒサコの一番下の妹。まだよちよち歩きだったサチコの小さな手。ピンクのかわいいバスケットを持って離さなかった。いつもだったら誰かがわざと取り上げて泣かせていたに違いない。でも今日は子どもたちまでが優しかった。

そしてもう、ふと気づくとヒサコは船の上で、私は岸壁に立たされていた。

私は早く〝答え〟を出さなければ、とあせる。船が出る前に答えを出さなければならない。この間ずっと考えてきたことをもう一度ちゃんとおさらいしようとするが、頭の中はすぐ他のものにじゃまをされ、問いだけが同じところをぐるぐる空回りするばかりだ。

「もう会えない、二度と会えない、絶対に。行ってしまった人は決して帰って来ることができない」

その事実に意識を集中しようとする。いったいそれはどういうことなのか。

私の横に並んで立っている従姉はさっきから泣き続けている。私には涙が出ない。そしてそのことにも困惑している。

ヒサコも泣いていなかった。ヒサコのいる空間だけがひっそりとしていて、永遠の別れという劇的な場面にはそぐわない雰囲気が漂っていた。

ヒサコはまだこの時点になっても自分がどこに立っているのかわからないようだったし、これからの運命についても関心がなさそうだった。ただ、親きょうだいに囲まれているのに迷子になって途方に暮れたような表情をしているのが不思議だった。

私はヒサコの視線をとらえることに必死になっていた。気づいてくれるよう手を振る。ヒサコはようやく私のほうへ目を向ける。

しかしヒサコが見つめているのは私ではないような気がした。私の後ろに広がる景色を眺める視線のようだった。

私は風景の一部としてしか見てくれないことに一瞬胸の痛みを覚える。

まわりを見渡すと、妙に間延びした空気の中で送る人も送られる人も互いに照れ、どちらもこの場にふさわしい態度をどうとるか決めかねているようだった。

突然、「ボォーッ」という出航を知らせる汽笛が港全体に響き渡った。

その瞬間、空気がビクンと張りつめ、船上も岸壁も怒号の波で満たされた。嘘いつわりのない、剥き出しにされたうめきだった。

何を叫んでいたのか、それらはやがて一つになり「ウォーッ」としか聞こえなかった。

喧噪にまぎれて私は「ヒサコ」と小さく呼びかけた。幾度も繰り返すうち、私もいつしか叫んでいた。涙が一粒ポロッと出て、あとは止めどがなかった。

私はここで一番しなければならないことを必死でしていた――ヒサコの顔を忘れないこと。でも涙で視界がゆがみ続けるのでヒサコの顔がよく見えない。

あの場にいた誰もが泣き叫んでいた。見送る側はただ闇くもに手を振り、船上の人々は身を投げ出すようにして両手をさし伸べている。色とりどりの紙テープが舞い、船と港を繋ぎ続ける。まるでこれが最後の最後の絆だと言わんばかりに、必死にテープを投げ続ける。

ヒサコはそんな大人たちの間でもみくちゃになりながらもさっきと同じ場所にぼんやりと立ちつくしていた。ほんの少し眉をひそめ考えごとをしている最中、といった表情。

再び汽笛が鳴り、船が動き始めた。

あたり一帯はもう支離滅裂な絶叫の渦だ。抱き合おうとしながら無理矢理引き裂かれた人々のように紙テープが千切れ、力なく宙に舞い、やがて海に沈んでいった。

感傷の時間は終わった。別れはもう既成の事実なんだと思い知らされる。

私はヒサコだけに手を振り続ける。私を見て欲しい、私のことを忘れないで欲しい。

船はもうすっかり船首を航路の向きに定め、遠ざかりつつあった。

真冬の新潟の港。この同じ空の下に〝祖国〟があり、この海の向こうにヒサコたちの行く地がある。

そのときだった。今までまるで気づかずにいたことを発見する。

「この船が、この海を進んで行くのだとすれば……、そうだ、海はつながっている。向こうへ行ってもヒサコと私のいるところの間は海でつながっている。ここから泳いで行けば向こうの港に立つことだってできる」

急に港全体が生き生きと色づいてきた。別れは架空のもので、会おうと思えば会えるということのほうが現実味を帯びて見えてくる。

ヒサコに伝えたい。私たちは別れてこのまま切れてしまうのではない。ただほんの少し遠くに離れているだけのことだというのを伝えたい。

「ヒサコ、向こうの岸から海をながめてごらん、私もこちらの岸で海をながめたら同じ海が見られるよ」

船はどんどん着実に遠ざかっていった。

そしてもうヒサコに伝える術がない。

船がもう米粒ほどの大きさになった頃、母の長兄である伯父が「さあ、もう行こう」と私たちをうながした。

私の新潟での記憶はちょうどこの場面でぷっつりと断絶している。

その後、幾度も思い返すうちに記憶は心象風景となって私のうちに刻まれ、最後まで泣かなかったヒサコの顔が謎として残った。


自分自身にとってさえ認めたくないもの、嫌なものというのは記憶の奥底に蓋をし、鍵かけて、いつのまにか忘れてしまうものなのかもしれない。たった今、過去から一つの記憶が浮かび上がってきた。

ヒサコが北朝鮮へ行ってしまうということを知ったとき、私は心のどこかでほっとし、喜んでいた。これで三河島に行っても私の場所がいつでもあると安心したのだった。いとこの姉さんの横にいるのはヒサコではなくてこの私なんだと。

ヒサコが行ってしまうことを知ってから私はヒサコにずっとやさしかった気がする。去ってしまうことの悲しさからくるやさしさではなくて、安心感からのやさしさ。

もしかするとヒサコは気づいていたかもしれない。

あのとき、ヒサコは何か別のことに気をとられているようだった。ヒサコの見ていたものは何だったのだろう。

考えれば考えるほどその視線は私の後ろに広がるどこか別の空間を漂うばかりだ。


（「踊りの場４」『海峡』18号、１９９７年）

平凡

平凡

子どもの頃、将来何になりたいかを聞かれるといつも困惑していたような気がする。「総理大臣になる」「ノーベル賞をとるような学者になる」といった、まさに夢らしき夢から「お嫁さんになる」といったささやかで現実的な夢について、まわりの子どもたちが嬉々として語るのを不思議な思いで見ていた。私には何一つ、「なりたい自分」の姿が浮かんでこなかった。

あるとき、適当な答えを持っていればいいことに気づいて、ごく短い期間だったが「スチュワーデスになりたい」と答えていたことがある——今で言うと〈CA〉。当時の女の子たちのちょっとした憧れの職業だった。だが本気で思っていないことは誰より自分が知っていた。答えておきながら、私はいつも自問していた。

——おとなになることは何者かになることなんだろうか。だとしたら何者にもなろうとしていない私はどうなるんだろう。

小学校のときの卒業アルバムには「将来の自分」について全員の言葉が寄せられている。私はただ一言、こう書いた。

――平凡な人になりたい。

私は自分を「普通」から外れたところにいる人間という風に感じていた。いつも自分とは何者なのかを考え、その問いから目をそらすことができなかったからだ。「普通の人」はそんなことを考えない。

私は朝鮮人――日本という国に生まれた朝鮮人だ。だが、それはいったいどういうことなのか。私にはそのことがわからなかった。第一、なぜそんな「普通でないこと」がよりによって、私の身に起こったのだろう。

「普通でないこと」にもいろいろある。いいこと、悪いこと。私の身に起きた「普通でないこと」は、この国、日本においては明らかに「好ましくないこと」に分類されている。

鏡の前に立つ。黒い髪、瞳。そして黄色人種を特徴づける皮膚の色。しゃべる言語は日本語しかわからない。朝鮮人の痕跡というのは何なんだろう。

私は「いい子」と言われていた。まぎれもない朝鮮人の親類・縁者のおばさんたち、おばあさんたちは、おとなしくて、しかもなかなか打ち解けない私を「日本人みたい」だと言っていた。それは揶揄しているのではなく、褒めて言っているのだった。

私は朝鮮人であるのに、日本人の振りをしていたのか。いや、そんな単純なことではない。そもそもの「朝鮮人」が私にはない。そして私は、自分が日本人でないことを知っている。「私」

とは「日本人みたい」なあいまいな存在にしか過ぎない。

私は母に尋ねる。「なぜ私は朝鮮人なの？」と。母がこのときどう答えたのかを覚えていない。だが聞いたのはこのとき一度きりだったので、納得したか、もう聞くのをあきらめたのか、どちらかだ。

きっとあきらめたのだろう。なぜならその後も私の内部にこの問いは長く居座り続けるのだから。

日本で生まれ、日本語を母語とする朝鮮人の親たちを持つ子どもたちにとって民族のアイデンティティとは何なのか。

おそらく母にはそんな問いを持つこと自体わからなかったのではないだろうか。母と同じ二世の父にしても同じだったと思う。まぎれもなく朝鮮から渡って来た両親を持つ彼らにとって朝鮮人であることは自明のことであり、問いかけのテーマとはなりえない。自分たちとは異質の世代が生まれ始めてきたことを、おとなたちは誰も深刻に考えていなかったように思える。

当時、私の周りにいた朝鮮人のおとなたちにとって祖国は、いつか帰るところだった。だから日本はそれまでの仮の居場所だ。

――やがて、落ち着くべきところへ、落ち着く日がくる。もう少し時間が経てば……。

六〇年代初めに北朝鮮へ一家で「帰国」していった伯母は、こんな風に何十年も別れ別れのままになるとは思わなかったと数年前、手紙に書いてきた。そう、誰もこんな風にバラバラのまま自分たちが生きるとは思っていなかった。だが、私の知る多くの一世たちは、日本で死んでいった。まさかこの地に骨を埋めることになろうとは、誰も信じていなかったろう。

母方の祖父は、日本人相手に商売してきたせいか日本語が堪能な人だった。だが二〇年ほど前、最期を迎えることになった入院生活では日本語をしゃべらなくなっていた。それはこの世のわずらわしいことに疲れて、元の地金が出てきたとでもいうようだった。出てくる言葉は亡くなる日までずっと朝鮮語になっていた。本人はそのことにすら気づいていないようだった。病院のベッドに身を横たえ、祖父が見ていた風景は何だったろうか。

だが、そんな一世たちが私たちの前から消えるようにしていなくなってすでに久しい。そして流れ去った時間とともに多くのことが決定的に変質していったのだ。

私は日本と朝鮮をめぐる歴史について何一つ知らなかった。祖父母、父母たちの来歴についてすらまったく教えられることもなく、まして日本の学校教育の中で学ぶ機会を与えられることもなかった。私は問いの答えへと導いてくれるものから遠く隔てられていた。

私は鏡の前に立つ。そして鏡の中の自分に問う。

——あなたは何者か。

おそらく私が求めていたのは、この問いから逃れられることだ。自分とは何者かと問わずに生きられること。まわりの友だちが日本人であることを何も疑うことなく日本人であるように、私が朝鮮人であるというのなら、せめて自分の国に生まれた朝鮮人でありたかった。私の考えていた「平凡な人」とはそんな存在のことだ。

何者かになりたいと思える自分になるためには、すでに何者かでなくてはならない。私にまず必要なのはそのことだった。

母方の祖母は日本の文字を知らなかった。言葉もそれほど堪能ではなかった。感情が激したときや心を悩ます心配事があったときは、必ず朝鮮語になっていた。もちろん私は何一つ聞き取ることができなかった。

祖父母たちと一緒に暮らした経験がなかったということも少しは関係しているかもしれないが、たまに会う祖父母たちに気詰まりな思いがあった。言葉の壁があることがさらにお互いの距離を作っていたように思う。

不思議と言えば、とても不思議なことだが、言葉が通じないことについて不自由さやもどかしさを感じていなかった。つまり、私はまったく耳を傾けることがなかったのであり、そのことの痛みを感じてもいなかったのである。他の同胞の家庭はどうだったのだろうか。そもそもおとなや祖父母というものの世界と子どもたちの世界とは別であり、互いに話をし合う関係ではないと思っていたようなところがある。それだから、なのだろうか。

忘れられないことがある。

祖父母は長男である伯父の一家と暮らしていたので、法事や正月にはそこで親戚一同が集まるようになっていた。だが、時折、祖母は一人で、娘の一人である私の母のもとに重い風呂敷包みを抱えてやってくることがあった。いつも決まって祖母の手作りの朝鮮の総菜がアルマイトの重箱にいっぱい詰まっていた。ヨモギが出てくる頃になると、祖母は誰にも教えていない「秘密の場所」で毎年、ヨモギを摘んで草餅を作ってきたものだ（ついにその場所は教えてもらえないままになってしまったのだが）。当時、私は中学生になっていたと思う。バス停まで迎えに行ったことがあった。そのとき、ふと疑問に思って祖母に尋ねた。

——乗るバスをどうやって見分けるの？

祖母は文字を読めない。なのにどうやって「東京駅八重洲口行」のバスを見分け、それに乗ってやって来れたんだろう。

祖母はそのとき、ちょっとはにかんだような顔をしたような気がする。そんな表情を見るのは初めてだった。祖母は布の手提げ袋から年代物の財布を取り出した。何をするのだろうと思って見ていると、中に入っていた紙を出して私に見せてくれた。四つに折りたたまれたその紙を広げてみると真ん中に太く大きく「東京駅八重洲口行」と文字が書かれてあった。

——エイコに書いてもらった。

祖母は私の従姉妹の姉さんの名前を言った。そして紙に書いてある文字と同じものを探してバスに乗るのだと説明してくれた。祖母に紙を見せられたとき、「ああ、そんな手があったか」

と感心したような気もする。

何十年経ってもふとした折に、手提げ袋から財布を取り出したときの祖母の顔と、折りたたまれた紙に書かれた文字を読んだときの情景がくっきり蘇ってくる。祖母にとって日本の文字は「意味をもった言葉」としてあるのではなく、「絵柄のようなもの」でしかなかった。そのことは生涯変わることがなかった。

私が知る身近な祖先たちが〈日本語〉という不自由なものに囲まれて生活し、死んでいったということを忘れることができない。その彼らを親に持つのが、私の両親である。

母語という言葉がまさに母から受け継がれた言葉であるなら、私が今こうして書いたり話したりする言葉は、いったいどういう言語なのだろう。日本語をもともと母語とする人々の言葉と私の言葉が同じであるはずがない。生命が引き継がれて今の私に至ったように、母なる言葉もまた、断絶することなく引き継がれて今に至っているのではないだろうか。

子どものときに聞き取ることのできなかった言葉は、私の内部に深く眠っているのかもしれない、そんな気がする。

H君のこと

私が卒業した中央区立久松小学校は、今年で創立一三五周年を迎えることになるらしい。

これは昨年送ってもらった「校友会だより」を読んでわかったことだ。卒業してから一度も同窓会に顔を出したことのない私だが、幼い時期を過ごした学校がまだその場に残っているというのは、なかなかいいものだと思う。

私が小学校三年生のときに創立九〇周年の行事があった。「校友会だより」に、高学年のとき担任になった先生が一文を寄せていて、そのときのことに触れている。

　昭和三十八年三月創立九十周年記念式典挙行。昭和天皇皇后陛下の行幸啓を賜わり、六年生が式典に参列しました。

　校庭で児童と地域の方々が奉迎式を挙行。石渡きみ子先生作詞清水玉子先生作曲の奉迎歌を心をこめて歌いました。指揮をさせていただいたことは、私の生涯の光栄です。

「行幸啓を賜わり」「奉迎式」「奉迎歌」……、このような表現が今もこの国の人々の中に生き続けていることを知り少し驚いたが、創立九〇周年の式典に天皇夫妻が来るというので学校中が大騒ぎしていた小学校三年のときのことは記憶に残っている。来る日も来る日も歌の練習、そして、学校の周囲を全校生徒が取り巻いて出迎える練習。

何より忘れられないのは、「日の丸」の小旗のこと。沿道で出迎えの練習をしているとき私はこの小旗を振り回して、担任の先生にひどく叱られてしまったのだった。

「校友会だより」を読んで、小学校三年のときのそんなことを思い出した。だが私は、この同じ時期に出会ったある少年の記憶のほうが重要だ。このことについて書いてみたい。

その少年の名はH君としておこう。私が小学校三年のとき、H君は六年生だった。普通なら互いにまったく知らないままにすれ違い、記憶の片隅にも残らなかったろう。だが私が何十年経ってもH君のことを覚えているように、H君もまた私のことを忘れずにいるだろう、そんな気がしてならない。

H君と私の出会いは、決していいものではなかった。ある日のこと。昼休み時間にクラスの友だちと鬼ごっこをしていたときのことだ。後ろからいきなり背中をドンッと叩かれた。驚いて振り返ると知らない上級生の男の子がはるか向こうに走り去っていくのが見えた。最初は何かの間違いだろうと思っていた。ところがそれから毎日のように背中を叩かれたり、頭をぶたれたりするようになった。いつも遠くからこっちを振り返っては笑っている。「笑う」に説明をつけたい。この場合は「ワーイ、やったぞ。くやしかったら追いかけてこい」という何とも憎たらしい「笑い」だ。

なぜそんなことをされるのか、さっぱりわからなかった。それまで人からそんなことをされたことがなかった。争ったりすることもなかったし、いじめにあうことも、まして人をいじめたりすることも特になかったからだ。第一、知らない六年生相手にそんなことが起こるわけがなかった。

　不器用な男の子が気になる女の子にちょっかいを出して、わざとからかうようなことをするぐらいなことは知っていた。ところが、どう考えてみても彼のやり方は、叩き方も、頻度も、度を越えていた。好意ではなく、悪意からとしか思えなかった。彼は六年生で、しかも体格もいいほうなのに比べ、私は三年生であり、母が栄養失調を心配するほどの貧弱な体格でしかない。

　体力的にはどうしてもかなわないため、なるべくH君に出会わないように願うほかなかった。ところが不思議なことにいつもどこかで見つけられてしまって、すれ違いざまに殴られるのを防ぐことはできなかった。

　それでも私は気だけは強いほうだったのだろう。H君に対して、恐怖よりは憎しみを覚えるようになっていた。私は何としてでも、いつか決定的な仕返しをしてやろうと思うようになっていた。そしてある日、ついにそのチャンスが巡ってきた。

　あの日、学校のプールの水が凍っていたから、おそらく一月の終わりか二月頃だったと思う。昼休み、私は校庭の片隅にあった鉄棒付近にいた。逆上がりの練習をする友だちと一緒に順番待ちをしていたのではないだろうか。

　そのときだった。ふと首筋に何か異様な感覚があった。冷たい塊が背中をツルリと滑り落ちていく。ギャッと叫びだしたいほどの驚き。一瞬、何が起こったのか、わからなかった。

H君が氷の塊を手に、はるかかなたを笑いながら走り去っていく。このときようやく、自分の身に何が起きたのかがわかった。またしてもやられた。私はめったにカーッとしない質だが、このときは地団駄を踏むほど悔しかった。

私の怒りはこのとき頂点に達したが、同時に不思議なくらい冷静だったとも言える。

——仕返しをするのは今だ。

瞬時にそう思い、ただちに実行することにした。

私は両手で顔を覆って、うそ泣きをしたのだ。ずるいやり方だったが他に方法はなかった。私にできる唯一の反撃だったからだ。最初、自分でも可笑しくて笑っていたので（氷を背中に入れられるなんて間抜けそのものだったから）顔を隠すためでもあった。そして周りにアピールするために、さらに大きな声をあげて泣く振りを続けた。

「どうしたの？」「誰がやったの？」「H君にやられたの？」と上級生の女の子が集まってきて、だれもが優しい言葉をかけてくれる。その頃には、ようやく私のうそ泣きも本物らしくなってきて涙も出てくる。私は涙ながらに上級生の女の子に訴える。

「H君が背中に氷を入れて……」

泣き続ける私の頭の上のほうで、女の子たちは口々にH君を非難する言葉を言っていた。「H君って、先生の言うこともぜんぜん聞かないのよ。先生も手を焼いているのよ、乱暴で」「あの子、越境でこの学校来ているのよね」「クラスのみんなに嫌われているのよ」

私はうそ泣きをしながら、H君の学校での状況を知ってしまった。H君がみんなの嫌われ者で、先生も困っているほどだということを聞いているうちに私の怒りのほうも収まっていった。被害者はどうやら私だけではないようだし、憎たらしく思っているのも私だけではない。私の腹立たしい思いの中心にあったのは、被害を誰にも認定してもらえないことにあったので、この時点で、ある意味「仕返し」はもう果たせていた。

だから、このとき私の頭の中を占めていたのは、泣くのをいつ止めるか、ということだった。止めどきがわからなくて内心困っていた。変なことばかり鮮明に覚えているものだ。

それにしても、今考えてみると、H君の発想の大胆さ、ユニークさにあきれる。プールは一メートルほどの高さのブロック塀とその上に張られた高い金網に囲われ、入り口には誰も入れないように鍵がかかっていた。金網を乗り越えプールに入り込んで、氷を割ってそれを抱え、また金網をよじ登って間抜けな下級生の背中に氷を突っ込んでやろうというのは、まさにガキ大将にしかできない発想だ（ガキ大将はそんな弱い者いじめをしないといわれるかもしれないが）。

そもそも私たちの学校にはそういう子どもはいなかった。たとえプールに鍵がかかっていなくても、真冬にそこに忍び込もうとするような子どもはいなかったろう。そういう学校だった。「みんないい子」。だから彼は、はぐれ者だったのだ。

「氷、大泣き事件」でH君も少し懲りたのか、すれ違いざまになぐってくる程度で、それからあまりひどいことはされなかった。

それからどれくらい経った頃だろう。H君はその年の三月には卒業をしていったのだから、二月の終わりか、三月の初めの頃だったに違いない。だから、ちょうど天皇夫妻の来校と重なる時期だったようだ。私にとって一生忘れることのできない「事件」が起きた。

その日、父が「朝鮮の踊り」を観に連れて行ってくれることになっていた。当時、父は商売上の税務のことで朝鮮商工会にかかわりを持っていたので、その公演は在日の歌劇団によるものだったのではないかと思う。

当日、私の学校の関係だったか、父の仕事のせいかで開演に少し遅れて到着した。劇場に入ってホールを抜けると会場の重い扉はしっかり閉ざされていた。近づいて耳を寄せると中から微かに音曲が鳴り響き聞こえてきた。父は「これが終わったら、中に入ろう。それまでここでちょっと待っていなさい」と言って、その場を離れた。

扉前の廊下は広く閑散としていた。私は一人ポツンとその場に取り残され、することもなく、ぼんやり立っていた。ふと二〇メートルほど先のあたりの扉のところに一人の子どもが立っているのが目に入った。

私と同じように親につれてこられたんだろう、そう思ってそれとなく親しげな視線を送ったときだ。自分の目を疑うという言葉があるが、まさにそれがこのときだった。

H君が立っていた。H君は私よりもっと驚いていたかもしれない。驚愕した表情で固まっていた。そして互いに瞬時にわかった。

——あの子も朝鮮人だったんだ。

ちょうどそのとき、舞台の演目が終わって扉が開き、ホールはたちまち人であふれかえった。私たちは互いに言葉をかけ合うこともなく、そのまま中に入っていった。

私は華やかな舞台を見つめながら、H君のことをずっと考えていたような気がする。H君が同じ朝鮮人だと知ったことで、私には急に身近な、親しい人になってしまっていた。今までのことを許すとか、そういうことではなく、すべてすっかり消えてしまったのだった。それは本当に不思議な心の変化だった。

私は家に帰って、母に劇場で会ったH君のことを話した。

「同じ学校の子が今日来ていたのよ」

それまで自分の通う学校に、朝鮮人は私一人だと思っていた。朝鮮人だとわかる名前で通っている子どもはいなかったからだ。私と同様、H君も通名（日本名）で通っており、朝鮮人だと知られないようにしていた。こんな形で出会わない限り、誰が朝鮮人なのか、わからない。私は驚くと共に、うれしさもあって、母に話さずにはいられなかった。ところが母の返事は意外なものだった。

「H君のお母さんのことは知ってるわよ。あの人はね、再婚なの。しかも子連れで。H君というのはその前の旦那さんの子ども。だから今の旦那さんにずいぶん気兼ねしているはずよ。

その人との間にも子どもができているから」

私はH君が「川向こう」といわれる他区から越境入学していること、彼が学校でも、そして家の中でも荒れていることのわけが少しわかったような気がした。今にして思えば、教師たちがH君に手を焼いていたということが別の角度から見えてくる。天皇夫妻の来校を目前にしてピリピリ神経を尖らせる教師たちにとってH君のような子は、どれほど目障りであり、苦々しい存在だったろうかということだ。まして在日朝鮮人ともなれば。

次の日、やはり昼休みの時間だった。狭い校庭に縄跳び、鬼ごっこ、ドッジボールと子どもたちが溢れていた。

私は何をしていたのだろう。なんだかぼんやりと校庭の真ん中付近に立っていたような気がする。そのときだった。昨日劇場で会ったときと同じようにH君が何メートルか先に立っていて、私を正面からまっすぐ見ていた。私がH君に気づくと微笑んだ。こんなことは初めてだった。H君はそのままゆっくり歩いてやってきた。そして私のところに来て立ち止まり、こう言った。

——きのう、来たのか？

——うん。

私の返事を聞くと、なぜかとても納得したような顔をして、そのまま何も言わずに歩いて行ってしまった。

それからまもなく卒業して行ってしまったせいなのか、どうか、H君とはその後、学校で二度と出会わなかった。

H君の顔はどんなだったのか、まったく覚えていない。ただ、いつも思い出すのは私に向かって歩いてくるときのH君のやわらかな笑顔のことだ。このときH君の顔が光を放って、明るく輝いていた。まぶしいくらいだった。

（「踊りの場7」『海峡』22号、2007年）

「記憶」にまつわるささいなこと

「高校までは通称名（日本風の名前）を使っていましたが、大学から本名を名のるようになり、今に至っています」

名前のことについて語る機会のあるとき、私は冒頭でいつもそんな風に話してきた。

これは一つの事実である。確かに私はそうだった。朝鮮人だということを隠して通称名を使っていたときのこと、父がしてくれた話――ここ（日本橋）では日本人を装っていかなくてはならないこと――、あるいは本名を名のるようになってからのこと……。

だが、おおまかな事実の背後にある現実はもっと複雑で入り組んでいる。

私は説明することが面倒なため、これまでそういった経験を語らないことでよしとしてきた。いやそれでも現実の全体像が伝わるものと思ってきていた。

ところが最近、大切なことを忘れていたことに気づいた。忘れていたというより、それはあまりにも自分にとって自明なことであったため、改めて説明するまでもないと思いこんで記憶の片隅に追いやっていたのかもしれない。

だが「自明」というのは、あくまで私自身にとっての自明だ。何も知らない人、まして日本人にとっては、この自明なことこそが、前提としてないわけである。だから、そもそもこの部分から語らない限り、了解の接点を持つことができない。互いの自明について気づかずにいることこそが本当の理解を阻む壁となっているのではないだろうか。

どこまで伝わるかどうか、それは聞き手の「相手の立場になって耳を澄ます」というあり方にも大きく左右するが、せめて伝える側は「自明だ」という思い込みをできるだけ廃して語らなくてはならないだろう。想像力は聞き手の側だけに求められるものではなく、語り手もまた「相手の側」に立つ想像力を必要とするということだ。

私が自分の本当の名前について意識するようになったのは、中学三年のときだった。外国人登録証（外登）を持つようになってイヤでも、そこに併記された「高秀美（高本秀美）」のことは知るようになったが、恥ずかしいことに、私は単に「コウ・ヒデミ」と日本語で読むことで自分の本当の名前を知っていると思いこんでいた。名前の本来の読み「コ・スミ」については全く無自覚だった。

私に「君の本当の名前は？」と訊ね、「それは、朝鮮語でどう呼ぶの？」と聞いたのは、高校のときの日本人の友人だった。私はこのとき答えることができなかった。それからしばらくしたある日、彼は「君の名前がわかったよ」と言った。「コ・スミって言うんだよ」

私の名前のことを忘れず、本来の呼び方を調べて教えてくれたのは日本人の彼だった。

今も不思議でならない。私はずっとそれまで日本に生まれた朝鮮人だということを忘れたことはなかったはずだ。それなのに、なぜ自分の本当の名前をきちんと知ろうとすることなく生きていられたのだろう。あれほど嫌っていた「日本名」については、一度たりとも忘れることはなかったのに。

なぜ本来の名前についてあれほど無関心でいられたのだろう？

さて、「おおまかな事実」の背後に埋もれてしまった、こういった「ささいなこと」というのは、どうでもいいことなのだろうか？

そう、それでたまたま思い出すことになった「名前をめぐること」について、改めて少し書いてみることにした。

先ほども言ったように、私が自分の本当の名前を知ったのは、一四歳になって外国人登録証をもたされるようになってからのことだ。当時は一四歳になれば本人に常時携帯の義務が課されるようになっていた。

申請は入管（入国管理局）や区役所の業務に合わせて平日、本人が行かなくてはならない。そのため、早退しなければならなかった。その日、早退の許可をもらうために職員室に行くと、担任は一言「なんだ、これからは高にすればいいじゃないか、そのほうが簡単でいいじゃないか」とさらりと言った。このときの情景は今でも妙にくっきりと覚えている。私はあいまいに笑って、内心、そんなに単純なことではないんです、と思っていた。それでも心のどこかで、朝鮮人であることを担任の教師が知っていて、日本名でなく本来の名前のほうがいいじゃないかと言ってくれたことをうれしく感じたことも確かだった。

私は「外国人登録証」を持つことをどこかで喜んでいた。当時は「外登」で管理されるところの「外国人」が主に「在日朝鮮人（朝鮮、韓国籍）」であることや、「管理」が意味することの問題については、全く知らずにいた。だがたぶん知っていたとしても、このときの喜ぶ気持ちには変わりがなかったはずだ。「外登」を持つことで「朝鮮人」として社会的に認知されたような気がしたのではないかと思う。

「外登」は私が「偽り」の「架空」の存在ではなく、そして何より「朝鮮人である」ことを証明してくれるものでもあった。幼いころ、幾度となく問うてきた「私は何者であるか？」という問題にようやくふんぎりをつけることができたのだと思う。

私が自分の名前を「高秀美」というものであることを知り、意識するようになったのはこのときが最初だったのではないだろうか。

だが、このときはまだ日本語で読む「コウ・ヒデミ」であって、「コ・スミ」という朝鮮の本来の名の読みではない。そんなものがあるという意識すらなかった。一世だった私の祖父母たちや親戚・いとこたち、親たちの誰からも「ヒデミ」としか呼ばれていなかった。

両親は私の本当の名前についてきちんと教えてくれなかった。いやそもそも誰も本当の名前について無関心だった気がする。日本で暮らしていく上で、本当の名前は普段は見えないところに押しやられていた。「朝鮮的なもの」は不都合なものでしかなかったのだ。

中学時代の私は教師にとっても優等生、級友たちにはやさしいいい人だった。私がそんな風に言いきることができるのは、それを意識して「演じた」自覚があったからだ。

朝鮮人はどこからも誰からも認められるようにならなければならないと思うようになっていた。私が何か一つでもミスをすれば、それは私個人のミスではなく、朝鮮人全体の失策と見なされてしまう——どうしてそんな風に思い詰めるようになってしまったのだろう。

今でも忘れられないことがある。

私が通っていた中学は公立学校であるにもかかわらず学校全体が特権意識のようなものを持っていて、たいていの教師たちに「△△の生徒」という意識があった。

非難・説教の言葉はいつも決まって「△△の生徒ともあろうものが」というものから始まった。そんな学校で「△△の生徒」であった私。

中学に入ったばかりのころ、講堂にいた一年生全員が叱られたことがあった。理由は単に集合開始時間になっても現れない教師たちを待つ一〇分ほどの時間、私語をしてざわめいていたというに過ぎない。

そのとき突然、一人の教師が血相を変えて演壇に上がってきた。「国語」担当のO先生だった。そしていきなり壇上から私たちにカミナリを落とした。

「△△の生徒ともあろうものが！」

そう、△△の生徒であれば、一時間であろうが二時間であろうが、きちんと姿勢をただし私語をせずにひたすら教師が現われるのを待ったのであろう。「かつての△△の生徒」であったならば。

そして彼が最後に言ったのは、

「日本人ばかりであればこんなことが起こるはずがない。ということはこの中に日本人でないものがいるはずだ。日本人でないものは前に出て来い！」

話はとんでもない方向へ飛んでいった。

私は凍り付いた。一瞬理解できなかった。このO先生は「何を」怒っているのだろう。「静粛を保てないこと」か、それとも「日本人じゃないものがここにいること」なのか。

『私は日本人でない。だとしたら出ていかなければならないのか』『でも騒いだのは日本人であって、朝鮮人の私ではない』

私はこの教師の言葉にどう行動していいか、わからなかった。嘘をつくことはいけないことだ。だとしたら日本人でない私は前に出ていかなければならないことになる。だが話の本筋はそんなところにあるわけでない。問題はなんでこういうところに「日本人じゃないもの」が出てこなければならないのか、ということだ。そしてこういった場合、「悪いことをする」のは暗に朝鮮人を指すことぐらい誰でも知っていた。（これは私の「被害妄想」だろうか。さらに「朝鮮人を指しているのではないですよ」と言われたら、「それではよかった」という問題でもないはずだ）

そしてこの場合、忘れてならないのは、この教師は〈朝鮮人はその場にいない〉という前提で、こういう差別をむき出しにしたことだ。

いないからこそ、できたことだ（実際には私がいたし、そして実はもう一人いたのだが）。同じ日本人同士であれば、共有されて当然だという意識を、教師が生徒たちに〈刷り込ませた〉のだとも言える。そう〈悪いこと〉は朝鮮人なのだから、「日本人らしく」「△△の生徒らしく」きちんとしなければならない。

教師の言葉がどれほど差別に満ちた理不尽なものであるか、今ではよくわかる。

私はこの教師を許しがたく思った。そして同時に自分を恥じた。「私は日本人じゃありません。それが、どうかしましたか？」そう言って正々堂々と出ていけなかった自分の弱さを思い知らされた。

私は中学に入ってすぐにこのことに遭遇したのだった。そしてこれは深く身に沁みた出来事となった。

全ての悪いことは朝鮮人のせいにされてしまう。だがそうではない、ここで騒いだのは日本人であり、朝鮮人の私ではない。だがそれをどう彼らに伝えることができるのだろう。朝鮮人であることを隠している私に。朝鮮人であることを隠さないとこの地域で商売して生きていけないと言っている親たちがいるのに。

そして私はその後次第に何でも悪いことが朝鮮人のせいにされるなら、私は誰からも認められる完璧な能力を身につけてからでなければ、朝鮮人として日本人の前に現われることはできないと思うようになった。

私はそういう生き方を選んでしまった。

そして三年間私は「いい子」を通した。教師に逆らうなんてことは許されない、そう思って。

私を好きだと言って真正面に向き合ってきた同級生の男の子がいた。彼は教師の言うことを聞かない「問題児」だった。

だが彼は優しい人だった。教師を含め強い人間にこびることは決してなく、自分より弱い人間をいたわった。私のどこが好かれたのか、彼から告白されて困惑した。一年のとき席が隣同士になったことがあった。当初は私もそれなりに好意を持って接していたが教師に反抗する彼を見ているうちに次第に距離をとるようになっていったのだと思う。やがて嫌うようになっていった。三年になってクラスも別になり、彼が腎臓病で長期にわたって入院したとき、彼の友人から「手紙ぐらい書いてやれよ」と言われて、嫌々出した手紙に「私はあなたの顔を見るのも嫌です」とまで書いた覚えがある。ずいぶん惨酷なことをしたものだ。

だが退院してきた彼は私に変わることのない笑顔を見せた。私の手紙に傷ついたというようなそぶりもなかった。私は意外に思って驚いた。同時に彼の笑顔に少し救われた気がする。ひどい手紙を書いてしまったという罪悪感から解放されてほっとしたかもしれない。その後彼はもう私のことを好きだと告げるようなことはなくなったが、優しげな笑顔だけはいつまでも変わらなかった。

中学を卒業して、その後彼と一度も再会を果たしていない。彼は同窓会に顔を出すこともない。もしいつか会うことがあったら聞いてみたい。どうして中学生だったあなたがあんなにも強く生きられたのかと。

彼という人間のことがわかってきたのは高校に入ってからだった。そのころになって私もようやく気づいたのだ。

誰からも認められる、そう思いこんでいたのは、単にこの日本という社会の価値観に自分を同一化させようとしていただけだということを。

私は学校の規則を守らない、教師に反抗的だという理由で彼のことを嫌った。教師が手を焼いてお荷物のように思う感覚を共有していたのだ。彼をどうしようもない生徒だと見る同じ目線で見ていた。

いや、ようやく自分のことがわかってきたというのが正しい。私は自分が欺瞞的な人間であることを知っていた。誰からも「いい人」として見られようとしていたが、それは仮の存在である「高本秀美」にしか過ぎなかった。それはとりあえず「居ごこちのいい」生き方を選んだだけのことだった。

仮のところで、「いい子」ぶるのは、単に私の弱さゆえなのだ。そして、非のうちどころのない人間「スーパーマン」になるのは永遠に不可能だということもわかってきた。

高校に入って、社会科学研究部——当時「社研」と言われたサークルに入った動機は、おそらくそんなところにある。

私が高校に入ったのは一九六九年、その年の初めに東大の安田講堂が全共闘の学生らによって占拠され、ついに陥落したのをテレビで見た記憶がある。大学における学生らの運動はすでに大衆的なものではなくなりつつあった。

だがその余波のような形で都立高校に高校改革のような形で運動らしきものが作られようとしていた。各高校の運動の拠点となったのは社研だった。

そのことを私は当時知っていて、それで入ったのだろうか?

ちゃんとした意識を持ってはいなかったはずだ。

だが確かなのは、中学までの私ではない生き方をしようとしていたということだ。

その年の新入生で社研に入ったのは、私ともう一人の女子だけだった。私たちのサークル活動というのは具体的にどんなことだったのだろう。学校の校則問題、制服のこと（制服は廃止となった）。カリキュラムの問題（三年になると進学クラス、就職クラスというようなクラス分けがそれまでされていた。「高校は大学の予備校ではないのだから」と幾日も教師やクラスメートらと討議した覚えがある。最近のように誰もが大学へ行くという時代ではなかった）……。それらの問題提起の中心にいたのが社研だった。

だが部室内での会議ではいつも、二年生と三年生が言い争っていた。彼らはそれぞれがいくつかの新左翼系の党派にシンパシーを持っていて、学外で個人的に関わっているようだった。だから部室での言い合いは、その党派の言い分のぶつけ合いのような形だった。語調はきつかったが、誰もそのことの場から離れれば仲はよかったように思う。私は普通の学生がなかなか近づかないサークルに入った「貴重な」女子でもあったので、誰からもやさしい声をかけられていた。

とはいえ、教室に戻れば、「社研の人」だと思われ、その役割を果たすようになっていたが。

私はもう「いい人」を装う必要がなくなり、そのことだけでもかなり解放された気分だった。だがこのときも、まだ自分が朝鮮人であることを誰にも告げずにいた。

社研でビラを作って、早朝、高校の最寄駅で配ろうとしていたところを私服警官に尋問され一枚のビラも配れずに部室に帰ったことがあった。

それからまもなく、高校一年の暮あたりだろうか。社研のメンバー全員に対して学校側から親への呼び出しがあった。

上級生でデモに参加した人がいて、そのことの処分を巡っての学校側からの脅しといえるものだった。退学になるかもしれなかった。他の生徒らはこのことを肝に銘じて、今後こんなことのないように、親もしっかり子どもを監督するようにとの、そういう意味合いの呼び出しだった。

結局、私の家にもこの通知は来ることになって、その夜、私は父の問責を受けることになった。

この日父は少し消耗していたようだ。長年抱えていた痔の手術を終えてまもなくの頃で自宅療養していたときだった。めずらしく床についていた父から「ちょっと話があるから来なさい」と言われたのか、あるいは、母から父のところに行くようにと言われて行ったのか……。父の床の傍に行くと「座りなさい」と言われた。私は社研のことだろうと覚悟していた。体調が悪かったせいなのか、あるいはよほど私のことに気落ちしていたのか、父は静かに語りだした。

話の要点は、一つは学生の本分について。親に養われて学校に行かせてもらっている身分なのであるから、学業に専念しろということ。次に朝鮮人であることを忘れないようにしなさいということ。外国人登録証に象徴されるように、あくまでも朝鮮人は日本人とは違う状況に置かれている。仮に政治運動にからんで逮捕された場合、日本人は黙秘してそれで出てこれるかもしれないが、朝鮮人の場合にはそんなことでは済まない。最悪の場合には本国――といっても韓国になるが――に強制送還になる、と父は話した。

私たち一家の出身はもともと済州島だが、登録証の国籍欄は「朝鮮」となっていて、しかも当時父は総連系の商工会に属していた。この時代にこういう状況で韓国に送られれば、空港から即刻当局の取り調べに合い、そのまま拘置所行きになりかねなかった。

父自身がGHQの占領時代、朝連（在日本朝鮮人連盟）の活動をしていたことと関連して、拘置所に何ヶ月か拘留された経験を持っていたことを当時はまだ聞かされていなかった（知ったのはずっと後のことだ）。父の言葉は続いた。その覚悟があってやっているのか。やりたいならやればいい。だが、それは自分で食べていくようになってからしなさい。

話はそういうことだった。

私は別に覚悟を決めてやっていることでもなかった。ただ、それまで既存の体制に順応して生きてきた、そのことから脱却したかっただけだった。私の生き方を変えるということは、私を支配してきた体制を壊すということにほかならなかった。だから体制を壊すことにかかわるのであれば、何でもよかったにすぎない。

何かを作り出したい、ということでは全くなかった、私の場合は。

親と子どもの力関係は、やがてどこかの地点で変化していくのだろうが、おそらくこのあたりが、私の親離れの原点になるかと思う。このとき父の話を聞いて、その後の生き方に関わる重大な決心をした。自分の行動に責任を持って、望む生き方をしようとするなら経済的に自立をしなければならないということだった。その話を聞いて、私なりに妙に納得したように思う。なぜ親のことが重荷であるのか、自分のやりたいようにやれないのか――食べさせてもらっているからだ、そう思った。できるだけ早く、親の元を出て自活しなければならないと切実に思った。

社研部員は学校への親の呼び出しという事態のことを巡って、それぞれの家で、私の家であったように大なり小なり家庭内でもめごとがあったはずだった。だが、いざこういった場面になると親はやはり親で、管理者の学校当局とは違うということだった。

結果的に先輩の処分が一週間ほどの停学ということに落ちついたのも学校側からすれば親たちの抗議によって、そこまで妥協したという形になっていた。

だが、社研はその後、学校側からの直接的な干渉を受けることになった。サークルの顧問はそれまで生徒たちから比較的人気があった物理の先生だったのだが、まもなく他校から転任してきたばかりの教師に変わった。その教師は他校で「社研つぶし」としてならした有名な教師だった。

だが、そんなことはするまでもなかったのではないかと思う。

三年生は卒業し、一週間の停学処分を受けた二年の先輩はまもなく自ら学校を辞めてしまった。そして他の先輩たちも受験を控えて、社研に距離を持つようになっていった。所属サークルが「社会科学研究部」と内申書に書かれることは受験にとって明らかなマイナス要因であったからだ。高校における受験体制批判をしてきた彼らが、受験期になって「社研」から遠ざかることは敗北以外の何ものでもなかった。

運動というのは敗北してもかまわないのではないだろうか。そういうことだってある。だが、人間は敗北してはならないのではないか。私は社研から距離をとることを言い訳にくる先輩を見るのが苦痛だった。

「それは、倫理の問題ではある以上に、美学の問題なのだ」と『インタビューという仕事』でスタッズ・ターケルが言っている。私が卒業するまで社研に所属し続けたのは、おそらくそういうことだろう。活動そのものはもはやすることはなかった。テーマを見い出せなくなっていたのだ。


二年の夏休みが明けてまもなく、昼休みだったか、教室の後ろの席に座っていたクラスの男子から肩を叩かれた。振り向くと、「ちょっと話を聞いてもらいたいんだけど」と言って、一人の男子生徒を私に紹介した。話を聞くと、新聞部の部員であること、今度の文化祭のテーマが「戦争と平和」であるので、社研部のあなたとしては何か言いたいことがあるだろうから、記事を書いてもらえないだろうかということだった。

アメリカによるベトナム戦争が泥沼化していた時期だった。社研としての立場うんぬんはともかく、誰が買ってきていたのか、教室には『アサヒグラフ』がいつも置いてあって、ベトナム戦争における報道写真が日常的に目に入ってきていた。

その中で忘れられない写真が一枚あった。ずたずたに引き裂かれた「ベトコン」(南ベトナム解放民族戦線)とされて虐殺されたベトナム人の死体を掲げ、カメラに向けて得意そうにポーズをとっている若い白人アメリカ兵の写真だった。

他のどんな写真よりもその写真のことがいつまでも、心から離れることがなかった。人間の狂気の果てしなさ、底知れなさと戦争という状況について考えるのだが、そこでいつも行き止まりとなって、また初めから考え出す、そんな具合だった。

高校新聞に、何か書くとしたらそのことを書くしかないように思われた。

何でも思うことを書いてもいいということで引き受けた。

彼が教室から出て行こうとしたとき、思わず呼びとめ、「あの、名前は? それで何年の何クラスなの?」と聞いた。

同じ学年の隣のクラスであることをそのとき初めて知った。彼は私のクラスの同級生を通じてずっと以前から私のことを知っていたようだった。

このようにしてＩ君と出会った。

その後、Ｉ君から「ごく内輪だけのものなんだけど、よかったら参加してくれませんか」と一冊のノートを手渡された。

Ｉ君を中心にしてそのノートは五、六人のメンバーによって回覧されているということだった。彼の中学時代からの親友も含まれていて、私の知らない人がほとんどだった。

ノートに書かれた文章は誰もが内省的であると同時に信頼し合った者たちだけに共有される仲間意識のようなものに満ちていた。

ある一人の女子生徒は「本当の友だちと呼べる人が欲しい」と書いていた。おそらく彼らに共通しているのは、孤独感であったろうか。

私はノートを一読し、簡単に書いた。

「私は本当の友だちというものを必要としていません。ですからこのノートの仲間になることはないでしょう」

さらに書いていたかもしれない。孤独というものは誰に言ってもどうなるものでもないと。嘘を言っているのではなかった。私は本当に素直な自分の気持ちとして、「本当の友だち」をつくる気はなかった。中学までの私であれば、そんな風に人を拒絶することなど考えられないことだった。

Ｉ君にノートを返し、それで終わるのだと思っていた。

Ｉ君は私の書いた文章を読んだ後、その交換ノートも、そこに関わる人たちともつき合いをやめてしまった。そして、「友だちはいりません」と宣言した私と深く関わるようになった。

彼のお兄さんが当時大学生だったこともあるが、その影響もあっていろんな本を読むようになった。エーリッヒ・フロムの『愛するということ』を教えられたのはそんな経緯によってだと思う。

「君は本当に人を愛するということはどういうことなのか、知らない」

それはＩ君の私への告白だったのだろう。学校の図書館だったような気がする。

私が人を愛することを知らないというのは事実だった。私はフロムによってよりも、Ｉ君によって愛することを少し知ったかもしれない。

今では全く思い出せない、その当時の毎日の会話。

いつもどこかで堂々めぐりしていたのは、朝鮮人であることを彼に告げていないことからきていた。それは私にとってとても重いテーマだった。だからこそ告げなくてはならなかった。もしかすると「本当の友だち」をつくる気がなかったのも、このことと関係していたかもしれない。

ある日、とうとうそのことを彼に告げた。

彼はこともなげにそれを聞いた。

そして聞かれたのだ。

「君の本当の名前は朝鮮語読みにするとどう言うの？」と。

そんなことは考えてもみなかったことだった。

「わからない」

予想もしなかった反応に虚をつかれた思いがしたことを覚えている。そして自分の本当の名前の呼び方を知らないことが少し恥ずかしかった。だが、名前の呼び方なんて大した問題ではないだろうとも思っていた。たぶんそのせいだと思う、この後私は親に聞いて確かめることさえしなかった。

そんな会話があってそれはそのとき切りになっていた。

それ以後、朝鮮に関わる本を読むようになったのはむしろ彼であり、その過程で彼が抱いたいろいろな疑問についてまともに答えることができず、いつも「知らない」とそっけなく答えていたのは私のほうであった。

高校を卒業し、彼は大学に進学した。私は大学受験をすることもなく、先の見通しもなく過ごしていた。ある日彼に会ったときのことだった。私の顔を見てうれしそうに言った。

「君の名前の呼び方わかったよ」彼は大学のサークル部室の「朝鮮文化研究会」を訪ね、そこにいた女子学生を掴まえて聞いてきたんだと得意げに告げた。

「コ・スミっていうらしいよ」

そう。私に自分の名前をどう呼ぶのかを一番最初に教えてくれたのは、日本人の彼だったのだ。

これらの「ささいなこと」の記憶について忘れてはいけない気がする。次の年に私も大学に進学し、当たり前のように「コ・スミ」を名のるようになり、その後、自分の本当の名前の重大さを語るようになっている。だがそのことに誰より早く気づいたのはI君だった。

さて、名前をめぐるこういったいきさつは、どうでもいい、ささいなことだろうか。「私は高校までは日本名で大学から本名を名のることになりました」。これは最初にも言ったが、一つの事実だ。だが、それだけで私の何がわかると言えるだろう。

私は朝鮮人と出会うことによって、朝鮮人としての自分をつくってきたと言える。だが、私のまわりにいて深く関わりのあった日本人たちもまた私に朝鮮人として生きることを教えてくれたのだ。こういった多くの人々によって、今の朝鮮人としての私がある。

（「踊りの場8」『海峡』23号、2009年）

死者の声

先日、レンタルショップから借りたＤＶＤを夜中に観ていたときのことだ。半分うつらうつらしながらだったが、いきなりこんな言葉が飛び込んできた。

「われわれは死者と共に生きている。彼らは毎日われわれの前に姿を現し、生きる意味を問いかけてくる。良心とは、われわれを救おうとする死者の声にほかならない」（「Ｘファイルシーズン３――海底」）。

このときすぐに八木ヶ谷さんのことを思ったのだ。そして私の古い記憶のことを。

八木ヶ谷妙子さんが生まれたのは一九一三年。今年誕生日を迎えれば、満百歳になるはずだった。だが新たな年が明けたばかりの一月二日早朝、目を覚ますことはなく、密やかに旅立った。そして永遠に覚めない夢を見続ける人となった。

二日にその知らせを友人から受けたとき、哀しみや寂しさよりも、なぜかほっとしたような気がした。「百歳まで生きた――生きることができたことを祝福したい」、そう思ったのだ。だが、そればかりではなかった。一、二年ほど前から体調を崩していたことを知らないわけではなかったからだ。時折チクっと気がかりで、それでも会いに行かなかったことが心の片隅にひっかかっていた。

八木ヶ谷さんと私の交流はそれほど親密なものでもなかったし、長いわけでもなかった。初めて出会ったとき、すでに八木ヶ谷さんは九〇代半ばにさしかかっていたろうか。

そのとき「関東大震災の朝鮮人虐殺のことを証言している日本人の女性」なのだということを友人から教えられた。目撃した当時、八木ヶ谷さんは一〇歳の少女だったという。

（関東大震災から）数日後の朝。後ろ手に縛られ、ボロボロの服をまとった男が広場にいた。取り囲む大人たちが「この、チョーセンジン」などと口にし、やがて男を引っ張っていった。「何が起きるんだろう」と後を追った。たどり着いたのは墓地。男は松の木にくくりつけられた。大人が銃のようなものを手にしていた。幼心にも「殺される」とわかり、泣きながら家に帰った。男が殺された、穴に埋められたことは人づてに聞いた。（朝日新聞二〇〇八年八月八日）

彼女はそのときの情景を繰り返し私たちに語った。てっきり生涯にわたって目撃証言をし続けてきたのだと思っていたが、友人から聞いた話によると彼女が語りはじめたのは八〇歳過ぎてからのことだという。証言をする前の八木ヶ谷さんとは出会っていないから、その前と後の彼女を比べて見ることができない。おそらくあるとき彼女のなかで何かが生じて、それで語り始めたに違いない。しかしその「何か」についてはついに聞きそびれてしまった。だがいずれにしても、語ったことによって私は八木ヶ谷さんに出会うことができたのだ。

言葉というものは、何げないふりをして思いもよらないところから、いきなり降り落ちてくるような気がする。すべての言葉がそうだというのではない。耳元で大声で繰り返し叫びつづけられてもそのまま通り過ぎていってしまう言葉が多い。いや、私たちはそんな言葉に囲まれて日々生きているともいえるだろう。だがなんの前触れもなく、奇跡のように、身体を貫く言葉がやってくることも、まれにある。そして生涯忘れることのできない痕跡となって残りつづけるのだ。

一〇歳の少女だった八木ヶ谷さんはそのとき居たたまれずに泣きながら家に帰ったという。だがそれから七〇年も経ってから彼女は連れ戻されたのではないだろうか、あの現場に。目の前には木にくくりつけられた「チョーセンジン」の男性がいる。彼はあれからずっとその場に釘付けされたままだ。そして日本人である八木ヶ谷さんに問いかける。

「なぜ？　どうして私はこの場にいるのか？」

彼女の証言を聞くたびに不思議な感覚を覚えていたが、以前はそれがなんであるのか、よくわからなかった。今、ようやくわかったような気がする。あの現場にいて、見ているのは八木ヶ谷さんではなく、この私だという感覚だった。私はあの「チョーセンジン」の男性の視線にさらされ、釘付けにされてしまう。そして彼は朝鮮人の私にこう告げているのだ。

「……帰りたい」と。

私がこれから書こうとしているのは「ある試み」に過ぎない。なぜ、「試み」なのか。おそらく失敗するだろうからだ。私はこれまでずっとそのことを書こうとしてきた。少しは触れてきているし、何人かの知り合いに語ってもきている。しかしそのたびに、うまく書けない、語れないという失望感を味わってきた。読み手のことは知らないが、話していればそのときに相手の顔が見える。その顔を見れば話の一番重要な部分が伝わっていないことがわかってしまうものだ。この話がいつも尻切れトンボのままなのはそのせいなのかもしれない。

これらの原因についてはわかっている。第一の理由は私の言語表現の拙さ、これが最大のもの。そして第二には、その場面に行き着くまでの背景や状況を説明するのがかなり面倒なこと、そして第三は世の中にはなんとも理屈とか常識では説明しがたいことがあって、そのことに関連しているから、なのである。でも最近、私も理屈や常識では説明しがたいことがあるということを少しは受け入れるようになった気がする。それで私の体験したことについて、書いてみることにした。

時は大学三年の夏休みのところまで時を遡る。当時私は二三歳、今から三六年も前の話だ。夏休みに入る前、留学同（在日本朝鮮人留学生同盟）中央のほうから「一ヶ月間講習会」に参加してみないかという声がかかった。その年の合宿先は九州学院ということであった。「一ヶ月間講習会」に参加することの意味についてはほとんど意識をしていなかったように思う。その頃、私は自分なりに答えを見つけなければならないという切羽つまった状況におかれていて、そのための考える時間を必要としていた。その結論次第で今後どう生きていくかを決めようと思っていたところだった。

「この夏休みに結論を出そう」

私は合宿に参加することについてあまり迷わずに返事をしたように思う。留学同で私のことを知るまわりの人たちからは意外だと思われたようだ。私は大学に入ったばかりの頃とは違ってその当時は留学同の集まりにもほとんど顔を出していなかったからだ。

このとき私はかなり深刻な個人的・内面的な危機に直面していた。当時、友人は多かったと思うが誰にもこのことを話したという記憶がない。そもそも私は何をどう相談したらいいのかすら、わからなかったはずだ。

大学に入ると同時に「高秀美（コ・スミ）」という朝鮮人として生きることをはじめた私は、当初はようやく本来の自分を取り戻したという解放感にひたっていた。

もしも仮に私が一世の朝鮮人であったなら、そういうこともあったかもしれない。言語、慣習、気質……わざわざ意識しなくても自然に身につけるそういったものが封じられて偽の日本人を生きるべく通称名の衣を着て生きてきた人間が、本来の自分を取り戻したというなら、解放感は当然のものだろう。そしてその次に「取り戻した」という思いにも満たされるに違いない。
だが私には「取り戻した」ものがないことをすぐに気づいたのだ。生まれて初めて「クゴ（国語）」と素直に言うことのできた朝鮮語は、イチから始めないことには一字たりとも読むことも発音することすらもできない。当然といえばあまりにも当然のことなのだが、これがとてつもない心理的なハードルとなって私の前に立ちはだかったのだった。

私は誰に教えられたわけでもなかったが、小学校の高学年の頃から「国語」「わが国」という言葉に対して、常に距離を置くようにしていた。これまで何度も書いてきたが、私が通ったのは小学校から大学まで日本の学校だった。外国人である私にとって「国語」の授業は「日本語」について学ぶ時間であるのだし、「わが国は」というのは日本人にとっての主語であって、私の場合は「日本は」と言い換えなくてはならない……。だからそんな風に慎重に「距離」をとることで、ようやく朝鮮人としての私という自負をひそかに育てていたのだと思う。

もちろんそれは同時に私にとっての「わが国」「国語」と言える世界があることを信じていたからだ。本当にうかつというか、おかしなことだが、そのとき私が使っている言葉の「わが国」や「国語（こくご）」は、言語の範疇で言えば、日本語であることをすっかり気づかずにいたのだと思う。それぞれの言葉は「우리나라《ウリナラ》」「국어《クゴ》」と書き、話されなくては朝鮮語にならない。

ハングルの読み書き、そこからはじめなくてはならないことを知ったときに、少しがっかりした気分だったことを覚えている。いや少しがっかりというレベルではない。愕然としたというほうが近いだろう。自分の国の言葉を、初めて習う外国人のように学ぶほかないとは……。最悪なのは発音に関しては幼児以下だということだ。生まれたときから身につけてきた日本語にじゃまをされて朝鮮語の基本的な発音すら発声することができない。「取り戻す」のではなく、苦労して「学習」していかなければならないのだ。このことをなかなか受け入れることができなかった。

少しずつ歴史を学んでいくにつれ、ようやく私にもわかってきたのだろう。私は「普通の外国人」ではないのだと。フランス人やイギリス人が朝鮮語を学習するのではない。かつて名前を奪われ、言葉さえも奪われた民族の一員なのだ。その末裔が、もはやかつての宗主国の言葉でしか自分を表現できることができないことを知ったときに、何かとりかえすことができないという絶望感に襲われたのだ。

言葉をまともにしゃべれないということが大きな屈辱感となっていたが、さらに不思議なことにこの屈辱感と絶望感のために言葉をイチから学ぶことへの抵抗を覚えてしまっていた。どちらかといえば強気な性格の私は学生時代、論争でも負けた経験がほとんどなかった（負けてもそれを認めなかったのかもしれないが）。だがどんなに理論的に武装しようが、「君はウルマル（母国語）を全然しゃべれないんだね」と返されてしまうとそこで論争そのものが成り立たなくなってしまうという場面が何度かあった。「今話しているのはそういう問題ではない、そもそも言葉さえできればそれでいいのか」と返しはするものの、やはりどこかで引け目を感じてもいたのだ。たかが言葉、されど言葉だった。

　それにしても私が考えつめていたテーマと、ハングルの一字一言とはあまりにもかけ離れていて、とうてい今さら勉強する気になれないというのが本音のところだったろう。結局私は「国語」の学習を途中で放棄してしまった。そして同時に留学同の活動からも離れてしまったのだと思う。

　今でもくっきりとある情景を思い出すことができる。ある日、大学のキャンパスを歩いていて、突然なんの脈絡もなく自分の身体が頭のてっぺんから二つに裂けていくようなイメージが襲ってきた。これはあまりにも鮮明な感覚だった。このイメージはその後繰り返し、なんの前触れもなく現われるようになった。自分の内面で起きているなんらかの精神的な危機状況が身体を通してこのように現れたのだということはわかったが、統一された身体のイメージを回復するための解決の糸口が全くつかめなかった。

「高本秀美」の衣を脱いだときに現われたのは、本来の私ともかけ離れた見知らぬ「高秀美」という新たな衣の自分の発見であり、その衣の下は言葉も歴史もすべて空白なわけのわからない存在だった。かつては「高本秀美」という日本人を装ってきた私が、今度は「高秀美」という朝鮮人を装っている。そして私は日本人も朝鮮人も知らない。

　私は自分が何者であるのか、わからなくなっていたのだ。

その年の一ヶ月講習会に参加した学生は三、四〇人ほどだったろうか。ほぼ一クラスほどの人数だった。他の人たちはどういう風にしてそこに集合したのだろう。住所と最寄駅を教えられて個々人がそこを訪れたのか、あるいは地域グループごとにまとまって行ったのか。鮮明に覚えているのは、私が他の学生たちとは一日ほど遅れてひとりでそこにたどり着いたということ。そして私がその学院に到着した時間は午後の授業でも行われていたのか、玄関口はひっそりとして誰一人姿が見えなかったということだ。私は途方にくれた。これから宿泊する部屋はどこなのか、あるいは今、他の学生たちはどこにいるのか、まったくなんの手がかりもないまま、数分その場に立ち尽くしていたように思う。そのときだった。目の前の階段をひとりの男子学生が下りてきた。さっそく私は「どこに行ったらいいの？」と尋ねたのだと思う。その学生は「今着いたんだ、一人？　部屋を教えてあげるから靴を脱いで上がってきたら。荷物はそれだけ？　じゃあついて来て」と言うと同時に手を出したので、ごく自然に迷うことなく自分の荷物をその学生に手渡した。

私は部屋まで荷物を運んでもらって、教えられた教室に入っていった。

自己紹介のあとの次の授業のとき、先生が入ってきた。扉を開けて入ってきた「男子学生」、いや、その先生を見たとき、あっけにとられて言葉を失った。先ほど玄関先で荷物を持たせて先導してもらった「男子学生」というのが、目の前にいる「先生」だったからだ。私はあきらかに自分より年下の男子学生に対するような態度で接してしまっていたが、今はもうあとの祭り。私は後で謝っただろうか。いや、先生は他の学生の前でそのことに触れることは一切なかったから、ちょっとしたコメディーを共有したということで終わらせてもらったような気もする。いまさらであるが言い訳をさせてもらうと、その先生が童顔だったこと（実際には私より五歳年長だということを後に知った）と、あまりにフレンドリーな振る舞いと丁寧な物腰に「てっきり年下」と勘違いしてしまった、やむをえなかった……ということになる。

午前中は授業といった形での講義があり、夜はいくつかの班に分かれてそこで意見交換という形での日課が続いた。私は自分なりのテーマを抱えていたが、その合宿において話し合われる問題についてもかなり真剣な態度で臨んでいた。講師陣も参加した学生たちもそれぞれに魅力ある人々であり、そのことで嫌になるということはなかったが、この合宿の中盤にきた頃、私は少しあせりを覚えるようになっていた。

一ヶ月のうちに結論を出さなければならない自分なりのテーマについて、何一つ出口が見出せないままに終わりそうな予感があったからだ。その頃、午後の休憩時間になるとこの建物の屋上にひとり上がってよくぼんやり空を眺めるようになった。

出口が見出せないということは、私にとって明確な一つの「答え」を意味していた。

合宿の後半にはフィールドワークがいくつかあって、私たちは北九州を中心としたかつての炭鉱地帯を何ヶ所か訪れるという機会を得ることができた。このとき初めて見たボタ山は草木が生えておらず人工物であることがすぐにわかったが、それでも山というにふさわしいスケールのものだった。まさにボタ（石炭などの採掘時に出る捨石）で積み上げられた山であることを実際の目で見て言葉を失った。

そして何日目かに、私たちは身元不明の朝鮮人の遺骨が残されているというお寺に行くことになったのだ。

私たちが訪れたとき、寺の住職はわざわざ朝鮮人の遺骨を納骨堂に集めておいてくれたようだった。四畳半ほどの部屋だったろうか、壁に沿って並べられたコの字形の机に遺骨が配置されていた。私は端から遺骨が納められた箱を一つひとつ、見ていった。

じつはこの納骨堂に入った瞬間からそれまで一度も体験したことのない強い感覚を覚えていたのだ。実感としては全身がぞくぞくと鳥肌が立つような感覚であり、足元は妙にふわふわと頼りない感じだったように思う。それらの感覚がどこからやってくるのかわからなかった。地の底からの冷気のせいなのか、死への恐怖なのか、あるいは姿の見えない何かが私のすぐそばで何かを訴えていて、それを強く感じるせいなのか。

遺骨を見た瞬間、立っている自分がなぎ倒されてしまうようなとてつもない暴力を感じたのだと思う。これほどの暴力を実感としてそれまで感じたことはなかった。これまで生きてきたこと、今生きていることの全てが一瞬にして覆されてしまうような暴力だ。

『国を失う、植民地にされるというのは、こういうことなんだ』。そう思った。

目の前の骨は、私であっても不思議ではなかった。私が骨となってここにいると思ったとき、身体にしみわたるような恐怖を覚えた。そしていかに私が今生きていることが偶然のはかないものかを。

私は次第に自分の身体が透き通ってきて、妙に風通しがよくなっていることに気づいた。そのとき声が四方から聞こえてきたのだ。かつて生きていた人々、もしかすると死んでしまったことを気づかずにいるのかもしれない人々の声。

「お前は私であったかもしれない」――朝鮮人であることはわかるが出身地のわからないある声は私にそう語った。「なぜここにいるのが私であって、お前ではないのか」と別の声が聞こえる。また別の声は「私が死んでここにいることを誰も知らない」と言う。「私には帰りを待つ家族がいる」「帰りたい」……さまざまの声が私の身体を通り抜けていった。私はそのとき立っているのがようやくの状態であった。

このとき聞こえた声は比喩的なものとして言っているのではない。強制連行の歴史を知り、引き取り手のない朝鮮人の遺骨を見て、さぞかし無念だったろうと思って私が感じたことではないのだ。私はそれまでむしろそういうものから遠いところに自分の身を置いていたように思う。朝鮮の歴史を知ることや、在日朝鮮人の来歴を知ることにほとんど意味を見出すことができないと思っていた。それらは単に書き記された文字の羅列にすぎないし、まして人の体験にまつわる話に対してはさらに懐疑的な目で見ていたと思う。だからこのときも本当はあまり気乗りしないまま、スケジュールをこなすような形で参加していたのだ。

なぜこのとき私は「声」を聞いたのだろう。いや、私に声が聞こえたのだろう。このときの声がいわゆる音声としての声でないことも確かだし、そのことは十分わかっている。このとき同じ場にいて同じ経験をした人はほかにはいなかったようであるから。しかし、音声の声よりもはるかに超えた実感として私に聞こえた声だったのだ。

そしてこの場所が私の今にいたる原点となったのだ。

私は声が聞こえたことによって、そこから歴史を学ぶようになったのだ。だとしたら声はどこからやってきたのだろう？

私はそれがいまだにわからない。

この寺での体験はその後の私の人生を決定づけるほどの重要なものとなった。しかし、なぜかこのときの具体的な記録を私は一切残していなかった。

地名も寺の名前すらも不明のままだったが、体験そのものは残った。寺の名が判明したのは、このときからさらに二二年後のことだ。それも捜し続けてわかったというのではなく、偶然わかったのだが。

歴史研究者の朴慶植さん――いうまでもなく、私たちの朝鮮問題研究会の創設メンバーであり、かつての『海峡』の同人でもある朴慶植さんだ――は一九九八年、交通事故によって突然亡くなったが、このとき私は告別式に参列させてもらった。このとき朴慶植さんに関わった何人かの友人、教え子が生前の朴さんの思い出などについて語った。そのうちの一人がそのときこんな話をしたのだ。

「彼は六〇年代に朝鮮大学の学生を連れて、九州の寺を訪れたのですが、そのときに朝鮮人の遺骨を見せられ、衝撃を受けたのだそうです。全身が震えるほどの衝撃であり、その後の人生を決定づけられたのです。そこが彼の朝鮮人強制連行研究の原点となって、生涯それにこだわり続けたのです……」

この話を聞いたとき、「あの寺に違いない」と直感した。朴慶植さんが一九六二年に体験した同じお寺で、それから一四年後に私も同じ体験をしたのだ。朴慶植さんは『朝鮮人強制連行の記録』（未来社）でこのときのことを次のように書いている。

一九六二年八月、私は同僚と飯塚炭鉱地帯を訪れる機会をえ、福岡市からバスで飯塚に向かった。途中たくさんのボタ山を眺め、いろいろな考えにふけりながら一時間ばかりののち目的地に着いた。そしてまずこの地域に八・一五解放以前に連行されて働かされ、死亡した同胞の遺骨がたくさん放置されていることを聞き、あちこちの寺を訪問してみた。総聯支部や、朝鮮人連盟当時の古い活動家をたずねて聞いてはみたが、正確なことはわからなかった。しかし遺骨があるということだけはわかった。あちこちをさがしたあげく最初につきとめたのが、市内の小高い丘の上にある観音寺である。住職に聞くと、朝鮮人連盟当時、近くの炭鉱から数百の遺骨があつめられて慰霊祭が行なわれ、その大部分は帰国する同胞が持って帰ったが、その一部分はまだ残っているはずだ。この問題はまったく人道上の問題で、早く故郷に届けてやりたいと述べながら、しめきった本堂を開け、遺骨をおいてある所に案内してくれた。住職はさだかでない記憶をたどりながら、同胞の遺骨をさがしだしてくれたのだが、長い間積み重なったままなので埃をいっぱいかぶり、また一部は箱もこわれて骨がはみでているものもあった。ここでは一六体が発見された。

朴慶植さんはこのとき声を聞いたのではないだろうか。だがその声についてはどこにも書いていない。歴史学者ということであるならそれは当然のことかもしれない。だが彼をその後、在日朝鮮人の歴史を記録として残すことに生涯をささげるにいたった何かが、あの場所にあったことは確かだろう。彼は続けてこんなことを書いている。

かれらはほとんどが何事も知らされずに強制的に連行され、苛酷な労働に使役され、落盤か、ガス爆発、あるいは暴力によって殺され、誰からもみとられることなく、小さな箱の中に納ってしまった。幼い頃遊びまわった故郷の山河に葬られることもできず、この異国の地で、このように冷たく放置されている無惨な姿に、私は歯をくいしばり、限りない憤りに言うべき言葉すらなかった。故郷に取り残された犠牲者の家族の心情はいかほどであろうか。

「帰りたい！」と、その声は地の底から叫んでいた。生涯においてこれほどの強い声を聞いたことはなかったし、その後、現在に至るまでもない。声は雷となって私の全身を貫いたのだ。この声を無視するという生き方ももちろんあったと思うし、忘れてしまうこともできたのかもしれない。だがこのとき思ったのだ。「彼らを殺したのは日本だ」と言って私は弾劾することはできるだろう。だがもし彼らの声を忘れたら、二度目に殺すのは私になる、ということを。

冒頭で、この合宿に参加する前、「私はかなり深刻な個人的・内面的な危機に直面していた」と書いた。しかし不思議なことに私はこの寺での体験を経て、おそらくその場でそれまで抱えていた問題そのもの自体が崩れてなくなってしまったのだ。私というものが死者の声にさらされて無化してしまったのだとも言える。

私はこの九州の合宿の帰りに大阪のハルモニ（祖母）に会いに行っている。どうしても祖母の話を聞きたかった。でもどこから何を聞いたらいいのだろう。こうして話したこともなければ、言葉だってほとんど通じない。何気ない振りを装ってついでのように祖母の家を訪ねたが、やはり何を聞いたらいいのかわからない。二人きりの部屋は言葉もなく、時間だけが過ぎていく。祖母は静かにタバコを吸って音を消したテレビを見つめている。明かりを消した部屋に祖母のタバコの煙とテレビの青い光だけが浮いて見えるのだが、私は布団に入ったまま、祖母に話す言葉を探している。そしてようやく私は自分の聞きたかったことに思い当たるのだ。

「済州島に帰りたい？」

このとき、祖母は何も応えなかった。

だが私は自分の聞きたかったことに行き着いたことに十分満足した。

私を祖母のもとへ導いたのは、九州の寺の遺骨なのだと思う。生きている一世の祖母の言葉に耳を澄ましなさい、そういうメッセージだったのだろう。

（「踊りの場10」『海峡』23号、二〇〇九年）

Ⅲ

一枚の写真から見えてくること

「植民地は解放されたとき、世界の支配者たちと同じ出発点に立っていない。植民地は、彼らの生活が以前に支配を受けたその歴史的な時点までたち戻らなくてはならない。独立国家。だが、この国家と民衆は、かつての歴史を継承するために、失われた時を逆行しはじめる。解放と独立の苦しい歩みをはじめるのと同時に、逆行しようとする」(『朝鮮植民者――ある明治人の生涯』村松武司、三省堂、一九七二年)

ここに一枚の写真がある。昨年(二〇〇九年)八七歳で亡くなった母の兄の遺品を整理していたときに出てきたものだという。「欲しいものがあったら持っていきなさい」と叔母に言われて、写真を数枚もらってきた。これはその中の一枚だ。

チマ・チョゴリで正装をした貫禄のある朝鮮のおばさん、おばあさんたちが並んで正面を見据えている。写真の右下に小さく「38・3・22　於伊豆稲取温泉いなとり荘」という文字が白抜きで入っているのが見える。もう一枚同じメンバーの集合写真で「38・3・21　於伊豆稲取温泉ホテル銀水荘」というのもあった。どうやらこの団体は一九六三年三月二一日から二二日にかけて、少なくとも二泊の温泉旅行を楽しんだようである。

関係のない人にとっては、なんともつまらない写真のことからはじまってしまうが、少し私の話につきあってもらえないだろうか。ここに写っている私の二人の祖母のこと、そしてこの写真の女性たちについて、思いをめぐらしてみることから「併合一〇〇年」あるいは「在日一〇〇年」を考えてみたいと今思っているからだ。

写真の前列左端にいるのが母方の祖母金桂玉（一八九七年生）、中央列の右から三人目が父方の祖母金達貞（一九〇六年生）である。今生きていたらそれぞれ一一三歳、一〇四歳ということになる。だからはじめにここで確認しておこう。二人の祖母が生まれたとき、朝鮮は「朝鮮」であり、朝鮮人は「朝鮮人」だった、ということだ。もちろん二人はとうの昔に亡くなっている。奇しくも二人とも享年七六だった。

この写真について父に尋ねてわかったことがい

くつかあった。この旅行のメンバーは主に済州島の東北部に位置する舊左邑（終達里）、城山邑などの出身者たちであること。彼女らは同じ村出身ということで、日本で生活するようになってからも身内のようなつき合いをずっと絶やすことがなかった。そして実際に子どもたち同士が結婚して姻戚関係になるというのもめずらしくなかった、というより普通だった。

私の祖母たちもまさにそんな間柄ということになる。彼女らの多くは植民地下の一九二〇年代から三〇年代にかけて日本に渡ってきたが、最初に居住したのは大阪の猪飼野周辺であった。のちにGHQ占領下、そのうちの何家族かは東京・浅草に移り住むようになり、やがて夫や子どもらの商売の関係でさらに新宿・池袋などに散らばって生活の拠点を構えていくようになった。この写真に入っている婦人らの多くは当時東京に居住していたが、私の父方の祖母のようにわざわざ大阪から出てきてこの旅行に参加した人も何人かいたようだ。この旅行はおそらく終達里出身の同郷会の青年らが主催して招待した「敬老会」だったのではないかということである。

私は父にとても素朴な質問をした。

「この写真に入っているのは、済州島出身の人たちでしょ、だったら、みんな故郷《くに》にいたときは海女をしていたの？」

「いやそうとは限らない、現にお前のハルモニ（お祖母さん）は海にもぐったことすらないはずだよ」

隣で聞いていた母は「海女をしなくても食べていける家だったら、娘を海女にはしなかったかもね」と父の言葉に付け加えた。

母方の祖母は海女をしていた。ところが海女としては有能なほうではなかったようだ。本人がそう言っていたという。そもそも辛い仕事でもあり、祖母は嫌々やっていたに違いない。それで解放後、祖父がすぐに家族みんなで故郷に帰ろうというのに強く反対したのがこの祖母だった。そのとき日本で生まれた娘たちも合わせて三人の娘を抱えていた。済州島に帰れば女は海女になるほかはない。「娘たちを海女にはしたくない」という祖母の強い意志によって、結局母方の一族はその後も日本に居住しつづけることになった……そんな話を子どものころに母から聞いた覚えがある。

父方の祖母、金達貞

この写真を見ていて、気になることがあった。私の二人の祖母の顔が暗く、寂しげなことだ。子どもや孫たちにも見せなかった素の顔がそこに現れている。二人の心は二人ともその場にないようにも見える。このとき祖母たちが抱えていた憂いは何だったのだろうか。写真に書かれた日付を手がかりに推測するほかない。

写真が撮影された一九六三年三月二一日、私は小学校三年から四年に上がる春休みに入るときだった。

それで思い出されたのが、前年初夏のできごとだった。私は大阪に行っていた。韓国の釜山に住む祖父が肺がんで亡くなって、その葬儀に東京から家族総出で出かけたのだ。遺体も遺骨もない葬儀だったたと思う。祖父は「骨は海に撒いて欲しい」という遺言を残していた。なぜそういう遺言を残したのか、理由はわからない。両親にも何度か聞いたことがあるが、誰も本当の理由は知らされていないようだ。だから私も解けない謎として残っている。

私はほとんど記憶にないこの祖父になんの愛着もなかったが、ただ学校を休んで大阪に行けるというのでうきうきとしていた。そんな旅行気分に暗雲が差していたのは、一週間ほど前から弟が水疱瘡にかかっていたことにあった。私は弟のせいで大阪に行けなくなるかと思うと気が気でなかった。弟の発疹がきれいに治って、ほっとしたのはもう大阪出発の前日あたりではなかったろうか。その日、私は下着を着替えていて自分の体に発疹が出ているのを発見した。私は誰にもそのことを告げなかった。そのまま隠し通せるものならそうしたかったが、みるみる首のあたりまで発疹が広がって出てきて、とうとう母に見つかってしまった。まるで悪事の現場を取り押さえられたみたいに後ろめたく、よりによってこんなときに水疱瘡にかかる間の悪い自分が情けなかった。そしてひとりだけ置いていかれるのかと思うとますます憂鬱にもなった。両親はあわてて医者に相談に行ったようである。結局大阪の病院で治療を受けるということに落ち着いて、私はみんなと一緒に行けるようになった。とはいうもののそれから数日間、祖母の家から歩いてすぐのところにある病院に毎日通って太い注射を打たれ、帰ってきてからはひっそりと部屋にこもって布団で寝起きするはめになった。もう誰の目から見ても身体中が発疹だらけで、旅行気分どころではなかった。

私はどこにも出かけられず、いやおうなしに家で祖母と過ごすことになった。振り返ってみれば、そんな風に身近に数日を祖母と過ごしたのは、生涯でこの時きりのことだったのかもしれない。

病院通いのことと重なって、祖母の泣く姿を見続けたことがくっきりと記憶に残っている。そのように泣くひとをそれまで見たことがなかった。いやそのように泣く祖母を見たこともなかったのだと思う。私は布団に入ってぼんやり祖母のほうを見ていたように思う。夫を亡くして悲しいのだろうということは私にも十分わかった。朝鮮人の家では、地方によって多少の違いはあるが、法事になると大きなお膳にご飯、スープ、魚、肉、ナムル（野菜の和え物）、餅、果物、菓子などがきれいに盛りつけられ並べられる。そして時間になれば喪主が中心となって、祀られている祖先あるいは亡くなったひとへ酒が供される。直系の男たちはひとりずつ喪主から杯に注がれた酒をお膳に供し、礼をしていく……そんな具合に法事の作法とでもいうべきものが進行する。そういった祭事の一切を取り仕切るのが喪主の役割だ。その間じゅうずっと、祖母はお膳の脇でうたうように泣いていた。それは私が今まで見たこともない祖母の姿だった。

うたっているのか、しゃべっているのか。おそらく嘆きの言葉なのだろう。ある一定の節回しで、えんえんと続いていく。だが朝鮮語なので私には何ひとつ聞き取ることができない。それはいつまでも続いて、果てがないように思える。ところが、あるところにくるとぷっつりとやんで、祖母は何もなかったかのような顔をして立ち上がり、となりの部屋に行ってしまう。あんなに身体全体で悲しみを訴えていたのに、まるでどこかに切り替えのスイッチがあって、それを押したみたいにピタッと普通の顔をするのが信じられなかった。そしてまた時間がくると祖母はやはりお膳の傍に座って、泣くのだ。そんなことが繰り返された。

私は「朝鮮の女は、葬式でそんな風に泣くのだ」とひそかに思った。そして不安になった。「私にはできるのだろうか……」

父方の祖母が丙午の年の生まれだということを知ったのは、いつのことだったろう。母が誰かと話すのを耳にしたのか、母から直接聞いたのか、覚えていない。ただそのとき波乱に満ちた祖母の人生と「丙午生まれ」ということが分かちがたく結びついているということを母は言いたいのだろうと思った。朝鮮での謂われが日本に古くから伝わるものと全く同じかどうか知らないが、丙午生まれの祖母の二人の夫は確かに短命だった。

祖母の最初の「結婚」は、妻子ある男性——私の実の祖父との駆け落ちによるものだった。祖母には五人だか六人だかの兄さんがいたという。祖母は、父親に「今度こそ女の子を」と待ち望まれて生まれたはじめての娘だった。だから親にもきょうだいにも可愛がられて大事に育てられた。祖母には親に決められた婚約者もいたらしい。そんな祖母がいきなり駆け落ちして日本の大阪で暮らしはじめたというので、大変な騒ぎだったろう。済州島に連れ帰るべく兄さんたちが説得しに大阪までやってきたという。だが祖母は頑として聞かなかった。結局実家からは親きょうだいの縁を切ると勘当を言い渡され、以後、生涯にわたって祖母は自分の故郷の土を踏むことはなかった。二人の間には三人の子が生まれた。長男である私の父、そして下に弟、妹。だが祖父は一九三七年に大阪で結核によりわずか三七歳で病死。父が小学校に上がったばかりの七歳のときだったという。

ここまでの波瀾万丈ならよくあることなのかもしれないが、その後祖母は三人の子どもを連れて再婚をした。しかも相手は初婚で年下だった。今なら何も驚くこともないことだが、七〇年以上前の朝鮮社会であれば、考えられない「非常識なこと」だった。

私が大阪で迎えた祖父の葬儀というのは、このひとのことだった。だから私とは血が繋がっていない義理の祖父ということになる。

こういったことは、もともと知らされていたわけではない。父や母が話すのを聞いて、そのときどきに私なりに少しずつ肉付けしてきてわかったことだ。たとえば小学校の五、六年のときにこんなことがあった。冬休みを大阪の叔父の家（というか、間借りしていた住まいであり、祖母も当時同居していた）で過ごすことになって弟と二人で訪ねたことがあった。玄関を入るとき、ふと見上げると、表札に「武田」という心当たりのない名前があった。私の家では、当時「高本」という通称名を使っており、叔父さんは、なんで「武田」なんだろうと不思議に思った。父とこの叔父は一〇歳ほど年が離れているものの、顔がよく似ていて、誰が見ても一目で兄弟であることがわかるほどなのだ。この二人がなぜ、他人のような通称名を使うのだろうか。

私はこのときなぜか叔父や祖母に直接聞くのをためらい、結局東京に帰ってきてから母に尋ねた。そしてはじめて父と叔父が父親違いであることを知らされたのだった。叔父の本名は「洪《ホン》」であって、私の父の「高《コ》」とは違うから、通称名も違うようになるらしい。

この話の流れだったのかもしれない、祖母が「丙午生まれ」だと聞いたのは。

もう一度、写真の中の祖母の金達貞に戻ろう。疲れて放心している表情をしている。このときの祖母の年齢は計算してみると五七歳ということになる。今の私とそう違わない年であることを、どう受け止めたらいいのだろう、ちょっとわからない。祖母はこの「敬老会」旅行の前年に再婚した夫を亡くしていた。そこにいたるまで、夫の韓国での癌の治療にかかる莫大な費用を捻出するために釜山にあった大きな家も処分したり、日本からも送金をするなどずいぶん苦労をしていた。祖母が産んだ子は全部で五人。前夫の子、泰成（私の父）は同じように済州島にルーツを持つ大阪生まれの朝鮮人二世（私の母、尹有萬）と結婚して東京で商売、その下の泰官は北朝鮮にひとり「帰国」して本国の女性と結婚、そして末っ子の妹は継父との葛藤から家を飛び出して韓国の軍隊に入隊し、その後軍人と結婚をして大邱に。大阪で一緒に住んでいるのは再婚した夫の息子、載翰、そしてその下の娘は韓国の釜山で自活して働いていた。祖母はふるさとの済州島に帰ることができない……。そもそもなぜ祖母たちは釜山と大阪で別れて暮らしていたのか、そんなことのすべてについてきちんと書くことは今ここではできない。

祖母は自分の意思を貫いて人生を生きたのかもしれない。だがそれだけだったろうか。故郷に帰ることができなかったのは、祖母の選んだ人生の個人としての責任だとしても、子どもたちが韓国、北朝鮮、日本と単に地理的に離れて離ればなれに住んでいるというだけでなく、祖国の分断の中で互いに音信を取り合うことすらできない状況におかれてしまったことをどう考えたらいいのだろう。この離散の苦しみも祖母の責任なのだろうか。

母方の祖母、金桂玉

母方の祖母の顔がさびしげなのはなぜなのか、そう考えて思い当たるのは、この旅行の二、三年ほど前にあった「あるできごと」だ。やはりそこに行き着く。このとき私たち一家は新潟に行っていた。母方のいとこたちの家族が北朝鮮に「帰国」するのを親戚中で見送るためだった。「日赤センター　1960年11月3日」と裏にメモされた小さな写真を私はずっと持っている。これが幼いいとこたち全員がせいぞろいした最後の写真になってしまった。朝鮮民主主義人民共和国への帰国船の第一陣が新潟港を出たのはこの前年の五九年一二月一四日であることから考えると、いとこたちの一家はかなり早い段階で「帰国」したグループになるかもしれない。

新潟港からの見送りというのは、祖母にとっては長女との別れを意味した。そして二人は二度とめぐり合うことはなかった。数年前だったと思う。伯母は「あのとき別れて、まさか四〇年以上も会えないままになってしまうとは思ってもみなかった」と達筆な日本語で手紙を寄越した。離ればなれのまま、父親も母親も見送ってしまったことの痛切な思いがそこに認《したた》められていた。

この伯母も亡くなったという知らせが、今年の正月にあった。享年八〇だった。

いとこたち一家が北朝鮮に帰国すると決めた頃、毎週のように親族の集まりがあった。みんなが反対をしていた。そして、娘を海女にすることもなく、この先もずっと子どもや孫たちに囲まれて暮らせると思っていた矢先、長女の一家がまったく身寄りのない北朝鮮に行ってしまうという事態を前にして祖母は嘆き悲しんだ。

親族がこのころ毎週のように集まっていたのは、それでもなんとか身内で助け合ってやっていこう、北朝鮮に帰国するのは思いとどまれと説得しようとしていたからだ。私は同い年のいとこのヒサコとの別れをどう受け止めたらいいのか、わからなかった。北朝鮮への帰国は「一方通行の片道切符」だということを私たちは知っていた。なぜ、片道切符なのか、理由はわからなかったが、それは絶対に覆すことのできないこととして私たちの前にあった。

ヒサコと私は生まれたときから子犬のようにじゃれて、もっとも身近な存在だった。親戚中から私たちは「金魚のフン」といつも言われていた。だが親が決めたことに子どもらはついていくほかなかった。

北朝鮮への帰国運動については、近年『北朝鮮へのエクソダス』（テッサ・モーリス＝スズキ著、朝日新聞社、二〇〇七年）などによっても、「帰国事業」をめぐる当時の日本、朝鮮民主主義人民共和国、大韓民国、アメリカ、ソ連、中国、さらに赤十字など、それぞれの思惑が明らかにされてきている。日本政府にとっては体のいい在日朝鮮人の切り捨て政策にしかすぎなかった。それがあたかも「人道的見地から」という宣伝の下で行われ、多くの人が翻弄された。そのことを知っても、私はそれほど意外なものだとは思わなかった。

だがそれにしても今になって「地上の楽園だという宣伝にだまされた」、あるいは「だました」ということを言う人がいるのか、解せない。少なくとも私たちの親族は誰一人「地上の楽園」なんて言葉を当時から信じてはいなかった。私は七歳にもならないほんの子どもにすぎなかったが、まわりのおとなたちの話を聞いて、何もない大変なところに行くんだと思っていた。

私のまわりの親族だけが、当時から「地上の楽園なんてあるわけない」と取り合わなかったリアリストの集まりだったとでも言うのだろうか。

それでも納得したのは、少なくともそこは自分たちの祖国なんだということだった。

私は、今いるこの国は自分たちの国ではないこと、そして自分の居場所はここにはないということをうすうす感じはじめていた。

私の両親は日本人相手の商売をしていくのだから、「朝鮮人だというのを隠さなければいけない」「日本人のふりをしなければいけない」と私に教えた。私は学校で通称名を使って「日本人の女の子」のふりをした。そもそもすでに、あの写真に写った一世の朝鮮人たちと言葉すらも通じあえなかった私が、どう「朝鮮人らしく」ふるまうことが可能であったのか、その辺が疑問である。私にはそういったものが「すでにあらかじめ失われていた」というのに……。

にもかかわらず「ふり」をするほかなかった。本来「ふり」をするためには「日本人」を知っていなくてはならない。だが「日本人」を知らなかった。だから私は、まわりの日本人を観察して、彼らが抱いている「朝鮮人らしい」ことからできるだけ遠く離れることが「日本人らしい」ことに近づくことなのだと理解するようになった。

私はまず「日本名」を使って、「日本人」のふりを装うことから出発した。そのことによって私に居場所が与えられているのだと思った。在日朝鮮人三世としての私の原点というのはそういうものだったと思う。

一九六〇年代初頭、当時私のまわりにいた朝鮮人のおとなたちのほとんどは、私のような三世世代の出現というのを誰も真剣に考えてはいなかったのではないだろうか。彼らは目の前に立ちはだかる日本社会の壁を前にして、その隙間をいかにかいくぐって生活基盤を築き上げるかに必死だった。「定着」とか「定住」ということはまだ誰も語っていなかった気がする。

未来のどこか行きつく先に、統一された祖国と帰国というものを見ていたからではないだろうか。日本での生活というのは、だからその未来までの「一時的なもの」「仮のもの」でしかないと考えていたようにも思える。「在日」という概念すらなかった。

だから私のような存在はある意味、置き去りにされてしまったのかもしれない。祖父母たちとは言葉が通じ合えないことで。両親たちはとりあえず生きていくのに精一杯で。

ヒサコの兄さん――ケンジ兄さんは勉強もよくできて将来は医者になりたいと言っていた。もしあのまま日本にいたら、ケンジ兄さんは医者になれただろうか、わからない。だがケンジ兄さんは朝鮮に帰って医者になった、このことは事実だ。

母方の祖母、金桂玉は、家族がいつもそばにいて仲良く暮らせることだけを祈るように願って生きてきたようにも思える。そのことを幸福だと思う人であった。だがこの祖母もまた、家族の離散という苦しみから逃れることはできなかった。

済州島の女たち

写真に写っている私の祖母たち以外の女性たちの顔をよくよく見ると、どの顔も「いい面構え」と言っていいほど、堂々としていることに胸を打たれる。まさに彼女らこそ「一世の朝鮮人」である。私は二年ほど前、『在日一世の記憶』(集英社新書)という証言集の編集に関わり、何人かの一世に聞き取りもした。彼らの多くは七〇代後半から八〇代だった。やむをえないことだが彼らは一世とはいうものの、一九四五年から数えて今年で六五年になることから考えれば、彼らの「併合」「植民地」体験は、幼児期から青少年期のころのことだ。

だから写真の世代は同じ一世ということでくくられるとはいえ、現在、存命の一世たちのさらに前の世代だといえよう。そう、繰り返すが彼女らが生まれたとき、朝鮮は朝鮮であり、朝鮮人は朝鮮人だったのだ。そういう世代が私の祖父母たちだった。

この写真で私が見知っているのは二人の祖母だけで他には誰一人いない。父に説明されて、これが誰の嫁さんで、姑はこの人と言われてもよくわからない。だが、全員が済州島出身だということを聞かされると、どうしても避けて通ることのできない、ある事件のことを思わざるをえない。この写真の撮影されたときからほぼ一五年前に済州島で起きた事件のことだ。

「済州島四・三事件」。一九四八年、アメリカ軍政下にあった三八度線南半部は、南だけの政府樹立のための選挙に反対する運動が全国各地で繰り広げられていた。この年の四月三日、済州島でも反対闘争が武力をともなう形で勃発したが、米軍政および李承晩政権は軍隊および警察による膨大な軍事力を投入したばかりか西北青年団という暴力団まで送り込んで、徹底弾圧に乗り出した。このときの犠牲者の総数は未だに確定されていない。村ごと全員が虐殺されてしまったため犠牲者についての証言すらできなくなっている地域もあるという。済州島の島民三〇万のうち、数万人が犠牲になったと言われている。

私の父方の祖母は二度と故郷の土を踏まなかったと書いた。だが、祖母には男きょうだいが五、六人いたと聞いている。当時みんな済州島にいたはずだ。彼らはどうなったろう。「四・三事件」をどう生き延びたのだろう、あるいは命を亡くしたのだろうか。

誰も朝鮮はようやく日本の植民地から解放されて当然すぐにでも独立国になるのだと思っていたはずだ。ところが蓋を開けてみれば朝鮮半島は南北に分断統治されることになり、アメリカ軍政下におかれた三八度線の南半分は、植民地時代に幅を利かせていた親日派がすぐに返り咲いた。そしてその後、一九五〇年六月二五日に朝鮮戦争の勃発。日本国もまた自らが主体となって植民地支配の責任をとろうとはしなかった。これは驚くことに今も引き続いて問題を残している。そういったなかで、朝鮮人は誰も彼も息つくひますらなく、戦乱に巻き込まれていった。日本にいた朝鮮人もまたそのことと無関係に生きられるわけではなかった。

母方の祖父母と同じ村の出身だという女のひとが、あるとき密航で日本に渡ってきた。母や叔母たちはそのひとを呼ぶとき「クンジャさん」と言っていた。肌の色が透けるように白い人だった。母はクンジャさんのことを少し話してくれた。

「クンジャさんのお母さんは、気が変になってしまったんだって。それで毎日、朝から晩までずっと村の入り口のところに立って、通りかかる人を見かければ誰にでも聞くらしいのよ。

『息子は帰ってくるのか、いつ帰ってくるのか』って、そればっかり。相手が子どもだろうが、おとなだろうが、つかまえては聞くらしいの……」

私がこの話を聞いたのは小学校のころだった。最初は意味がわからなかった。「クンジャさんのお母さんが気が変になった」ということの背景にあるものを何一つ母は私に伝えなかったからだ。それでもなぜかその後もずっと、このクンジャさんのお母さんのことが小さな棘となって心に突き刺さり続けていた。

この話の背景にあるものがようやく見えてきたのは、おとなになって「四・三事件」のことを知ってからだ。すっかり忘れていた昔の話が別なところから光を照らされて突然浮かび上がってきたのだ。

このオモニ（お母さん）の息子は、そのとき誰かに連れ去られたのだろうか。

その後どうして息子は母のもとに帰らなかったのだろう、帰れなかったのだろう。

やがてオモニの心は壊れてしまった。このオモニは、その後をどう生きたのだろう。

写真に写る女性たちのうち、この事件に全くかかわりなく生きられた人がいただろうか、たったひとりでもいただろうか、そんな思いで彼女らの顔を見つめないではいられない。

「日の丸」と「太極旗」

私は二人の祖母から昔の話というのを聞いたことがなかった。もちろん会えば挨拶はする。だがまともな会話らしい会話というのをした記憶がない。嫌っているとか、疎遠だったからというのではなく、どう接していいのかわからなかった、というのが本当のところだろう。ひとつには言葉の壁があった。家でも日本語で生活し、日本の学校教育しか受けていなかった私は朝鮮語をひと言も解することができず、祖母たちもまた、心に抱えた思いを日本語で言い表すことがおそらくできなかった。

私は古い写真のことから話をはじめた。この写真に興味を持ったのは、済州島の婦人ばかりがチマ・チョゴリ姿で写っていて、その中に二人の祖母を発見したからということだけではなかった。この写真を最初に見たとき気になったのが、撮影された日付だった。「38・3・22」、つまり一九六三年三月二二日。

この少し前、私の周辺で起きたことと、この写真のハルモニたちの間にある、とてつもない「へだたり」と「つながり」について、突きつけられたのだといえる。

今、私の手元に一九六三年三月九日の新聞各紙夕刊のコピーがある。以下はそのときの記事だ。

「両陛下をお迎えして――久松小九〇周年記念式」（毎日新聞、写真も）

東京中央区久松小学校（児童九三二人）は九日午前一〇時、天皇、皇后両陛下をお迎えして創立九〇周年記念式典をあげた。両陛下は小雪降る中を父兄、東東京都知事ら来賓、児童、幼稚園児、職員約一五〇〇人の日の丸とバンザイの声に迎えられ、伊東校長、川島同校記念事業後援会名誉会長（国務総）らにお会いになってから朝礼台にあがられた。児童全員と幼稚園児が校庭の大テントの下でこの日のためにとくにつくられた奏迎歌を合唱、バンザイを三唱した。

他にも「両陛下、久松小へ――創立九〇周年のお祝いに」（読売新聞、写真も）、「両陛下、久松小の創立記念式へ」（日本経済新聞）、「両陛下ご臨席――東京・久松小学校九〇周年式典へ」（朝日新聞、写真も）と社会面の比較的目立つところに記事が掲載されていた。

私は当時、この小学校の三年生だった。この創立九〇周年行事にまつわることについては今もよく覚えていて、これまでも他のところに書いている。

それはもう日程がだいぶ押していた頃だった。その日、紙で作られた「日の丸」の小旗を初めて持たされて、みんなちょっとうきうきしていたかもしれない。よく覚えていないが、おそらく先生には「旗は持つだけで、振り回してはいけない」とあらかじめ注意を受けていたのだろう。もちろん全員がおとなしく先生の言うことを守るわけじゃない。ましてたかだか小学校三年生だ。いつもこんなときにふざける男の子がいて列をはみ出て、旗を振り回していた。それを見て私も楽しい気分につられたのか、旗をパタパタと振ってみた（なぜそんな気になったのか、自分でもいまだによくわからない、私は普段そういうことを全くしないタイプだったからだ）。そのときだった。遠くにいた担任の教師がたまたまこちらを振り返って、目が合ってしまった。運が悪かった。先生は恐ろしい勢いで駆けてきて、私をこっぴどく叱った。なぜか叱られたのは私ひとりだった。このときどんなことを言われたのだろう。

普段は温厚な先生だった。ところがこのとき私は、それまで全く見たことのないこわばった表情の先生を見て、ひどく驚いたのだと思う。怖かったというより、驚いたという記憶が強く残っている。

叱られたという記憶があるわりにはその内容のことを全く覚えていない。ただこのとき以来、ある疑問が生じた。

「先生は、私が朝鮮人だから日の丸の旗のことであんなに怒ったのだろうか？」

なぜ、そんな疑問を持つようになったのか、わからない。ただ私はこのとき以降、「日の丸」の旗は触れたくもない代物になったし、「君が代」を声に出して歌うこともしなくなったので、先生の言葉に何か、私なりに思うところがあったに違いない。付け加えれば、式典の当日、三月だというのに何十年来の大雪が降って、沿道で「日の丸」の小旗を振って全校生徒が出迎えるというイベントは急遽取りやめになったのである。今思うと、私にとっては幸いなことだった。

おそらくこの時点まで、私は自分が朝鮮人だということを知ってはいたが、そのことに何の意識も持っていなかったと思う。ときおり朝鮮人である私がなんで日本で生まれたのか、不思議に思うことがあっても、よくわからないままにそれを受け入れていたように思う。「テンノーヘイカ」は、なぜか〝平和〟を象徴するかのような存在であり、ハエ一匹殺したこともない、殺せそうもない、人のよさそうな老人にしか見えなかった。

私が植民地のことを知り、「朝鮮総督府」や「皇国臣民」、そして「創氏改名」などを知るようになるのは、このときから一〇年以上も先のことだ。

だが私はこのときのことをなぜか忘れなかった。心のどこかで「納得がいかない」と思い続けてきたせいなのだと思う。ときおり、もしかすると勝手な思い過ごしなのかもしれないとも思ったりもした。いずれにしても証明のしようもないことだった。

ところが最近、思いもよらない形で腑に落ちたのだ。このときの担任が回想録を残していた。てっきり小学校教員時代のことでも書いているのかと思って読んでみたら、そうではなかった。「終戦五〇周年の日を迎えて」という副題がついたこの回想録のタイトルは「北辺の護り関東軍」である。第一部「ソ満国境の極寒の地孫呉で過ごした新兵時代」、第二部「奉天の関東軍通信教育隊での甲幹時代」、第三部「見習士官となり朝鮮光州師団通信隊に転属し張り切っていた時代」となっている。

私は小学校のときの担任に軍隊経験があることを意識したことは全くなかったが、考えてみればありうることだった。戦前、日本では徴兵制が布かれていたのだし、当時の年配の男性教員には当然軍隊経験があるはずだった。そして私の担任は、敗戦を朝鮮半島の光州で迎えていたのだ。

巻頭には軍隊時代の写真が何枚か載っており、最後の写真は「復員にあたり久野さん一家と共に（光州）昭二〇・一〇）となっている。おそらく写真館で撮影されたものと思われる。一九四五年一〇月ということであれば、敗戦から二ヶ月あまり経っているのだが、軍服帯刀姿で正装していた。

この回想録の副題に「終戦五〇周年」と、あえて先生は書いた。「敗戦」ではなくて、「終戦」。朝鮮半島の光州で一九四五年八月一五日を迎えたときからずっと「終戦」でしかなかったのだ。この回想録には、こんな一文があった。小見出しが「太極旗が各戸に翻る」となっている。

八月一六日の朝、光州の朝鮮民家の軒先に揃って「解放」と書いた小旗と、手製の太極旗が掲げられているのである。昨日まで使っていた「日の丸」に手を加え、赤丸の下の部分を黒い巴模様、白地の部分の四ヶ所に卦の線模様を書き込み、急造の太極旗をつくりあげたのだ。一夜のうちに、全家庭がこの仕事をやってしまったのである。日本統治の三〇年の恨みを、このような形で爆発させた無言の示威といえよう。光州人は気性が荒いといわれているが正にその通りで、師団司令部のお膝元にもかかわらずこのような行動を起こした。今後どんなことが勃発するのか心配になってきた。

「腑に落ちた」というのは、この部分を読んで感じたことなのだ。昭和天皇夫婦参席のもとでの学校の式典という一大事を前にして、「日の丸」の小旗をおちゃらけて振り回す私を見つけた瞬間、あの「一九四五年八月一六日」に目撃した「日の丸」を「太極旗」に塗り替えた朝鮮人を彷彿した、そういうことなのだろう。

それにしても「三〇年の恨み」というのは、植民地支配三六年（一九一〇〜四五）のことを言っているようだが、なぜ「三〇年」なのか。このことには何か意味があるのか、単純ミスなのかよくわからないが（二〇〇五年に再版されたものだったが、修正されていないままだ）、その「恨み」をたかだか、国旗を塗り替えたことで、朝鮮人に恐怖を覚えたのだ。そのときの記憶を強く残してきたのだと思う。私が叱られたときに覚えた驚きというのは、このときの担任の表情だったのだ。おそらく「一九四五年八月一六日」の恐怖がこのとき蘇ったに違いない。そうであるなら、あのときの担任の行動が私には十分「腑に落ちる」のだ。

小学校の担任を弁護するつもりはないが、この先生は普段は生徒を分け隔てなく愛し、教育熱心な教師だった。私はこのときの記憶を除いて、一度も学校で自分が朝鮮人ゆえに疎外されているとか（もちろん私は通称名でいたので、クラスメイトは誰も知らなかったと思うが、担任は当然知っていた）、思ったことはなかった。

だがまた思うのだ。この人の目の前に、日本語を話し、日本人と見分けのつかない、本名ではなく日本式の名前をした朝鮮人の私は、どう写っていただろうか。そして植民地時代はとうの昔のことだというのに、「日本同化」の完成型が目の前にいることを、どう思っていただろうか、と。

多くの日本兵、日本人と同様に、この人も「終戦」とともに日本に帰ってきて、それ以前の植民地支配のことは、もうすっかり忘れてしまったようだ。いや、現にこうして回想録を残すぐらいだから、当時の軍隊時代のことは深く記憶しているわけだ。だが、植民地にされた国の人々が、そのときを、その後をどのように生きたか、国が他国の植民地にされるというのはどういうことだったのか、まるで関心がないようである。

回想録には日本人しか出てこない。「満州」であれ、朝鮮であれ、そこにもともと生きた人々がいたはずなのに、みごとなくらい登場してこない。光州師団通信隊にいたときのことをこんな風にも書いている。

「歩兵の戦闘訓練より通信の訓練はきつくない。そして、通信隊の食事がよかったためか（当地は南鮮《ママ》の米作地帯で米に不自由しない）一ヶ月もするうちに、召集兵達はみるみる力強くなり頼もしい兵隊の姿になってきた。嬉しい限りだ」

これを読んだ人は、朝鮮（朝鮮人）はさぞかし米にも恵まれて、いい生活をしていただろうと勘違いするに違いない。だが現実はどうか。多くの朝鮮人が生活の糧を求めて故郷を離れざるをえなかったことと朝鮮で日本兵が豊かに食べられたことはまさに表裏一体だった。

朝鮮では当時、日本への供出に苦しんでいた。研究者の樋口雄一は『海峡18号』（社会評論社、一九九七年）に「流浪する朝鮮人農民――戦時下の行路死亡者について」と題して論文を寄せているが、そこには「旱害供出による収奪などにより、食べることのできなくなった農民は村をすてて糧を求めて移動することとなる。朝鮮の土地を持たない下層農民の移動である。実態は流浪する農民群であった。流浪する農民は、春窮期が過ぎれば帰村するか、別の村に落ち着くかのいずれかであり、一部は中国東北部に移住する者も多かった。農民の流浪は毎年のように繰り返されていた」と、当時の朝鮮農民のありさまを指摘している。

日本兵が「米に不自由しない」ことの背景にあるものを、あえて見ないからこそ、あのようなことを書けたのだと思う。だが見ようとすれば、見ることができたのではないだろうか。

彼らは戦争が終わって、本国に帰り、戦後の日本から出発した。それ以前のことは最初からなかったように……。

また最初のあの写真に戻ろう。彼女らは私たちと同じ時を、すぐ間近に生きていた。担任の教師はおそらく直接出会うことはなかったかもしれない。だが、在日朝鮮人三世である私の存在を通してそのことの意味を考えたことがあったろうか。日本の植民地支配の枠組みの中でとらえて考えたことが一度でもあったろうか。

記憶の断絶と連続

私は初めて出会った日本人に本名を名のるとき、同時に在日朝鮮人三世であることを告げる。すると、「日本語がじょうずですね。いつ頃日本に来られたのですか?」という無邪気な問いが返ってくる。

私はもう一度、在日朝鮮人三世というのは、祖父母の世代に日本に来て、両親は大阪で生まれて、私は東京で生まれたことを説明する。このとき相手は納得したような顔になるが、たいていはわかっていない。

多くの日本人にとって、植民地支配というのは、彼らとはもはや断絶した、関係のない遠い世界のことになっている。だが、一方の私は否応もなく、一世の祖父母たち、そして日本で生まれた二世の親たち、私の一族たち、さらに私たちの民族が置かれた歴史と切れずに現在に繋がれ、そのことに縛りつけられている。

私が本名を名のり、朝鮮人として自覚的に生きようとしはじめたときからずっと感じている〝もどかしい〟思いは、おそらくここの部分に起因している。過去の歴史に対する記憶の断絶と連続。植民地は支配・被支配の両者がなければ成立しない。それであるなら、なぜ支配した側の記憶だけが都合よく、なくなってしまうのか。

「併合一〇〇年」「在日一〇〇年」は、ただ朝鮮人だけがこの年月を生きてきたのではない。日本人もまた、同じ年月を生きてきたはずだ。それはどのような「一〇〇年」であったのかが互いに問われている。

私が在日一世の聞き書きの仕事を続けているのは、おそらくこのことにも起因しているのかもしれない。

生まれたとき、朝鮮は「朝鮮」であり、朝鮮人は「朝鮮人」だった人たちに聞いてみたかった。「あなたたちにとって祖国とは何ですか？　母語から切り離され異国の言葉に囲まれて生きるとはどういうことでしたか？　私はあなたたちをちゃんと見ていますか？」

もちろん私が問いかけたかった人々は、もう誰ひとり生き残ってはいない、この残された一枚の写真のようにただ真っ直ぐ私たちを見据えるばかりだ。むしろ問われているのは、今生きている私たちだ。

（「一枚の写真から見えてくること」『韓国併合一〇〇年の現在』東方出版、２０１０年）

「でも、人生はそれほど単純ではありません」

（「ホロコーストの記憶」ロアルド・ホフマンより）

今年（二〇一七年）の八月一七日で義母《シオモニ》が亡くなってからまるまる九年となった。九年前のこの日、会社はお盆の休みが明けたばかりで今日から出社という日だった。明け方近く、夫の姉から電話があった。病院から今しがた亡くなったと知らせが入ったという。その年は例年よりも暑い日が続いていて熱中症で何人病院に運ばれたというニュースが連日テレビに流れていた。お盆の間もずっとその暑さが続いていたのに、一七日は朝から冷たい雨が降り続いて、肌寒さを覚えるほどだったことを鮮明に記憶している。そしてこの日を境に、この年はいきなり秋になったということも。

私は『在日一世の記憶』（集英社新書）の編集に関わり、身近な一世である義母にも取材させてもらっていた。本が出たのは同じ年の一一月だったので、義母には完成した本を見せてあげることはできなかった。

私は何年も前に「ハルメの話をしようね」（既出）というエッセイを書いている。義母の子どもの頃の話を当時四歳ぐらいになっていた息子に話して聞かせる形でまとめたものだった。『在日一世』のときの取材では、主になぜ日本に来ることになったのかということや、やはり一世である義父《シアボジ》の人生も併せて聞いてみることにした。故郷の慶尚北道にいた前半生の子ども時代と日本に来てからの後半生の二つを合わせれば義母が生まれてからこれまで歩んできた人生が切れ目なしに見えてくる、はずだった。だが通して読んでみると、表層の、それもかなり薄い人生の表層をつなぎ合わせて辿っただけのものになっているような気がしてならない。限られた字数なのでエピソードの多くを拾いきれなかったのは当然としても、決定的な何かが抜け落ちているように思える。

義母がまだ生きているとしたら、そのことをつっこんで聞くことはできたかもしれない。だが話してくれただろうか。私が「次男の嫁だから」という立場のことをいっているのではない。義母は嫁であるからとか、姑だからとか、そういうことに縛られた考え方を持たない人だった。聞く耳さえ持っていれば包み隠さず話してくれただろうと思う。それが言葉にして取り出し、語ることができるものであったなら。

そもそも人は、自分の人生をたやすく語れるものだろうか。すっきりと人にわかるように、矛盾もなく、破綻もなく……。そんなに単純なものだろうか。

言葉にして話せば話すほど、自分の本当の思いから遠ざかっていくような気がして、結局何も話せなかったりするようなこともある。話したくないことだってあるはずだ。

欠けているのは別のものなのかもしれない、とふと思ったりもする。

義母が遺した手帳を改めて読んでみて、ますますその感が強くなった。

以前夫の兄夫婦は埼玉県の騎西町というところでパチンコ店を営んでいたことがあった。パチンコ店といっても家族経営の小さな規模の店で、郊外型の巨大な駐車場が完備されているような店ではない。ごくごく小さな商圏で、近隣の限られた人がお客さんになっているような店だ。私が夫と結婚した当時、夫の両親はこの長男家族とともに暮らしていた。

それ以前、義父母は山形県山辺町で小さなパチンコ店を営んでいたそうだ。ところがある日突然、義父が脳梗塞で倒れてしまった、まだ五〇代の若さだったという。幸い命はとりとめることができたものの、右半身が不随となって商売を続けていくことができなくなり、見かねた長男夫婦に引き取られる形で埼玉にやってくることになった……と、何度か聞かされた。この話は私に話してくれる人によって多少ニュアンスに違いがある。〝引き取った〟のか、〝一緒に住んで家のことも手伝ってくれと説得されて、やむなく〟だったか……。表現は微妙に違っているが、実はここに決定的なズレがある。だとしても「同居する」という選択は、誰にとってもそのとき選びうる最良のものと思えたのに違いない。

ズレは年月が重なるにつれ大きくなっていったように思う。ただ大筋ではそういうことだ。

私が末っ子で次男である夫と結婚したのは、埼玉で義父母が同居してからもうすでに何年か経った後のことだった。だから私は山形時代の義父母の生活を知らないし、健康だった頃の義父がどんな人だったのかも知らない。

結婚の当初、夫の家族や親戚たちが慶尚北道出身であり、私の一族が済州島の出身だというのが最初のハードルとしてまわりはあったようだ。しかし私にはその違いが気になるほどそれぞれの地方色や風習のことは全く知らなかったし、そもそも私は日本生まれの三世なのだ。母語だって日本語だ。

そういえば、義母はよく笑いながらこんなことを話していた。

「息子たちの嫁さんには全羅道と済州島の人だけには来てほしくないと思っていたの。それなのに長男は全羅道出身の嫁で、次男は済州島出身の嫁さんになってしまった……」

「ハハハ、人生ってなかなか思うように行かないものですね」と、私もいつも答えたものだ。でもなんで全羅道と済州島は嫌だったのだろう、あるとき聞いてみた。

「全羅道の人はなんとなく信用できないというのがあるし、済州島の人は頭がいいと言われているでしょ。……慶尚道の人間は田舎者でお人よしだから簡単にだまされてしまうような気がしたのかもしれないね」

そういうこともあるのかと思っていつも笑って聞き流していたが、義母から聞いた父親の話のことをふと思い出す。ちょっとした家の四男坊で、土地や財産もそれなりに分けてもらったというのに、酒好きで、お人よし、そしてだまされてすべてを失ってしまったという。この父親をだましたのはどんな人間だったのか、そのことをちゃんと聞いていなかった。

夫と私は東京に住んでいてそれぞれ仕事を持っていたので、この長男の家に顔を出すのは法事だったり、正月だったりで、数ヶ月に一度の「お客さん」のような形だった。かといって「お客さん」ではないので、いつ行っても「居場所」がないような、落ち着かない時間と空間だった。

さらにその「居場所がない感」を強くしたのが家族経営の小さなパチンコ店ということもある。食事時も家族全員が顔をそろえてテーブルを囲むということは一度もなかった。いつも誰かが店番をしなければならないからだ。

私たちは土日やお盆・正月休みなどの「休日」に行くことになるのだが、これらの「休日」はパチンコ店は稼ぎ時なので当然「営業日」となる。普段よりむしろ忙しくなるわけだ。つまり義兄夫婦にしても店から離れられないし、義母も孫の世話から始まって食事の支度やら洗濯・掃除の合間をぬって店を見たりしている。だから義母も兄夫婦たちも誰もがそわそわバタバタ働いていて、たまに行く私はどうにも身の置き場がなかったのだ。

私の実家や親戚も皆、客商売をしていたが東京のサラリーマン相手の商売だったせいか、正月や日曜日には休んでいたので、結婚当初はかなりとまどった覚えがある。生活のリズムがまったく合わなかった。私には先祖の出身地の違いよりも、商売の違いのほうがカルチャーショックだったといえるだろう。息子が生まれてからは私もそれなりに「子どもの世話をする」という口実というか、逃げ場ができて少し救われたような気がした。

義父は五〇代半ばに脳出血で倒れてからは右半身が不自由となっただけでなく言葉も思うようにしゃべれないという状態が続いていた。自分のことはすべて自分でやる人だったので、一人だけマイペースを貫いて生活しているように見えた。だが、それも本当のところはどうだったろう。たまに何か話しかけても言葉が出てこず、「……、もういい」といらだたしげに、いいかけた言葉を打ち切ってしまうような場面が何度もあった。あきらめずにじっくり耳を澄ませば聞き取れる言葉もあったに違いない。それができなかったことも悔やまれてならない。

義母が一人で店番をするときはなぜか自然に私も横にいるようになった。もちろん手伝いなどできないし、むしろじゃまでもあったろうが、私にとって一番居心地がいいのが義母と話しているときだったからかもしれない。そんなとき、よく昔の話をしてくれた。

それまで私の身近には朝鮮にいたときの話をしてくれる人がいなかった。一世の祖父母たちにはついに話を聞くことができないまま亡くなってしまっていたし、私の両親は二世であり、子どもの頃の話といえば日本での暮らしのことなのだ。

「昔、チョソネ（朝鮮）ではね……」と話してくれる義母の話が楽しみで好きだった。会うたびに話の続きやらを飽きることなく何回も聞き続けているうちに「これは息子に残してやりたい」と思うようになり、一つの話にまとめたのだ。読んで聞かせてあげると驚いた顔をして「よく書いたね」と感心するとともに喜んでもらったことをよく覚えている。

だから『在日一世の記憶』の本も見せてあげたかったのだが、叶わなかった。

義父母たちは晩年、二人きりでアパート暮らしをするようになり、バタバタせわしない生活から解放されたが、切り詰めた生活をしていた。義兄夫婦は借金に負われてパチンコ店を手放さざるをえない状態になり、両親の面倒をみることはもうできなくなるところまで追いつめられてしまっていた。本来であれば末息子である次男の夫が親と同居することになったのだろうが、私たちの家にはすでに私の両親が同居していてさらに夫の両親を抱えることができない状態にあった。

日頃あまり人のことをうらやましく思ったりしないほうだと思っているが、痛切に日本人がうらやましくなるときがある。「同世代の親を持つ日本人」といったほうがいいだろうか。まわりの日本人の友人たちの親はたいてい年金世代に入っていて、豊かとはいえないまでも健康でありさえすれば日々の生活は親たちだけでなんとか自立して生活できるベースを持っている。在日の一世世代たちはほとんど年金というシステムの枠外に置かれ続けてきたのだ。

だから彼らが歳をとり、蓄えがなかったり、さらには借金を抱えたりしている場合には、直接子どもたちの世代に負担がかかってしまう。そのことの「不安」が日々の生活の根っこにずっと居座りつづけている。

どうしても向き合わなければならない時期がやってくる、でもそれはそのときに考えよう、「今はまだ……」とずっとやり過ごしているのではないだろうか。

誰も言葉に出さないが、同世代の「在日」に出会うとつい思ってしまうのだ、みんなどうして生きているのだろうかと。

そして私たちはまさに「どうするか?」、もう一刻も猶予のないところまで来てしまった。夫の姉が奔走して老夫婦の住めるアパートを探してくれた。畑の真ん中にポッポッとアパートや住宅があるところだったが、義母はむしろ生き生きとしたように見えた。アパートの大家さんと交渉して小さな畑を借りることにしたのだ。その畑で唐辛子やエゴマ、トマト、キュウリ、ナス、ミョウガなどの野菜を次々に育てた。義母の手にかかると野菜が見事に育つのだ。収穫する時期になるといつも抱えきれないほどの「大豊作」になった。

老夫婦ふたりの生活も少し落ち着いたと思われる頃、またいつものように昔の話を聞かせてもらうためにアパートを訪ねたことがあった。

あるとき義母がふだんとは違う、なんだかふんがいした口調で怒っていたときがあった。そのときテレビのニュースが流れていたように思う。

「バカ言っているんじゃないよ」と義母は怒っていた。確かそのとき、従軍慰安婦の問題が国会などで取り上げられていて、国会議員の誰かが、従軍慰安婦は金儲けのために行ったんだ、なんて言ったことが報道されていたのではないだろうか。

「なんで私が日本に来たというの、そのまま国にいたら従軍慰安婦にされてしまうというから、あわてて一四のときに弟と二人してきたというのに」

私はそれまで義母が若い頃、日本に来たことは知っていたが、なぜ来たのかについてはきちんと聞かされていなかった。

村で一四歳から一八だが、二〇歳までの「女の子一五人出せ」って言って来たことがあった。そこにはもう最初からみんな名前が入っていたの。私の名前もそこに入っていた。それで何をやるかというと「兵隊さんのご飯炊いてやったり、洗濯してやったりだから危なくない」んだと。

でもミョンジャン（面長）の親戚とか、子どもとかは全然その一五人の中に入っていなかったの。

それでうちのオッパがその面長のところと区長のところに行って暴れたの。そして「みんなをそういうところに出すんだったら、お前たちのところの娘も、お前たちの親戚の娘たちも出せ。そうしたら出す」と。そう言って怒鳴り込んで、大変なことになってしまった。

オッパ（兄さん）は日本にいたからみんなわかっていた。なんで日本人が行かないのに、チョソンサラム（朝鮮人）が行かなくちゃならないんだと。洗濯してやったりご飯炊いてやったりする、そんなもんじゃない、兵隊の相手をさせられるんだと、それで反対したみたい。（『在日一世の記憶』）

結局、面長も区長も身内から娘を誰一人出すことはできなかった。そのおかげで、村では誰も行かなくて済んだのだという。

義母の家の隣は警察署だった。ここの署長が義母の母親の作るキムチが好きで、ときどき家に顔を出しては「オモニ……」と呼びかけては、キムチある？　とよくねだったらしい。無理矢理というのではなく、美味しいキムチを食べたいという「素朴な」思いからだったようだ。人好きのする人で義母の母親も喜んで作ってあげていたようだ。きっといろんな話もしていたのだろうし、少しは融通を利かせてもらうこともあったろう。

義母の次兄が面長の家で大暴れして、村から娘たちが連れていかれることがなかったというのは、この署長の耳にも当然入っていた。この話を聞いて署長は心配して、義母の母親にこんなことを話していたという。「今回は行かなくて済んでよかった、でもこれからはどうなるかわからない、自分が渡航許可を出すから娘さん（義母）はできるだけ早いうちに日本に渡ったほうがいいだろう、日本にいれば安全だ」「本当に自分は日本人として恥ずかしい、もうここにはこれ以上居たくない」そういって、その署長もまもなく日本に帰ってしまったそうだ。

この話はこのとき義母から直接聞いた話だ。

だから義母が日本に来たのは、まさに従軍慰安婦にされることを避けてのことだった。義母が「バカ言っているんじゃない」と憤慨していたのは、こういうことの体験者として日本にいたからだ。このことさえなければ、故郷を離れることは決してなかったのだ。

「避けられた体験者」がいたわけだから、もっと膨大な数の「避けられなかった体験者」たちがいたはずだ。

彼女らの声や証言は、取るに足らない価値のないものなのだろうか。その声はあまりに小さくて、最初からなかったことにされてしまうのだろうか。

二〇〇八年の夏、義母が倒れたのも熱中症によるものだったのではないかと今では思う。すぐに病院に運ばれたが亡くなるまで意識はもどることはなかった。入院は一〇日ほどしかなかったように思う。そしてあっけなく逝ってしまった。享年八一だった。

義母の葬式が済み、アパートの片付けも終わってから、形見分けとして私がもらってきたのは何冊かの義母の手書きのメモ帳だった。普段文字を書かない人が一生懸命に書いたと思われるひらがなとハングルの文字。

義母が手書きのものを残していたのはとても意外なことだった。学校に行かしてもらえなかったこと、そして学ぶ機会のないまま年老いて文字の読み書きができないことが悔しくてならないとよく嘆いていたのだ。夫婦喧嘩して家を飛び出して駅まで行ったのに字が読めないので電車に乗れず戻ってきた、そんなことを話していたことがある。そのときはもう昔の話として笑っていたが、駅から家まで戻るとき、どんな思いだったろう。私には到底その思いを自分の中で思い描くことすらできない。

だがこれは多くの在日一世の女たちの置かれていた状況といえるのではないだろうか。

駅にまつわる話では、いつだったか大阪の夜間中学で学ぶ在日のハルモニからこんなことを聞いたことがある。文字を勉強して読み書きできるようになって一番うれしかったのは駅に行ったときだと。それまではただ耳で聞いて知っていただけなのに、駅の看板を見てそれがまさに駅の名前だと発見したときの驚きと喜び。文字を読めることは単に字が読めるということだけを意味しない。世界がそのことで広がったのだ。どれだけ解放される思いがしたろう。

義母はなんとか文字を習うことはできないかとずっと思っていたにちがいない。それで孫たちの使い古しの小学校の教科書を見ながら独学したのだろう。あのゆっくり座っていることすらできない家事や仕事の合間を縫って。

黒革の小さな手帳には、三〇年ほど前ようやく里帰りしたときにメモしたと思われる名前と電話番号。義母の母親はとうの昔に亡くなっていたし、きょうだいたちもほとんどが亡くなっていたはずだから、そこに書かれた名前は韓国に住む甥っ子や姪っ子たちの名前に違いない。義母にとっては大切な血縁との結びつきを示すその名前と電話番号なのに、もはやそれらは私たちになんの意味も持たないものとなってしまった。

そしてまた別のノートには、おそらくテレビを見ていて書き留めたと思われるメモ。

ぼけよぼに七日に一回てもよい　かれこのはいったものをたべると　かんぞや、カンよぼになる（ボケ予防に七日に一回でも良い　カレー粉の入ったものを食べると　肝臓やガンの予防になる）

ぼけよぼをには　牛ゆうをあわたてて、シナモンをいれてのむ（ボケ予防には　牛乳を泡立ててシナモンを入れて飲む）

ヨグルトに、玉ねぎと　いしようにたべるとぼけよぼになる（ヨーグルトに、玉ねぎを一緒に食べるとボケ予防になる）

ねつきのわるい人はれたつをたべるとねむれる（寝つきの悪い人はレタスを食べると眠れる）

ひさのいたい人はさんまとさつまいもといしようににてたべるとよい（膝の痛い人はサンマとサツマイモを一緒に煮て食べるとよい）

心ぞのとき、ふせいみやくのよほうに　あさおきてそらをみて　一ぷんかんしんこっきゅうをする　あさばんしおをはんつまみなめる　ふくらはぎを　したからうえにむけてたおるをあたためる（心臓の不整脈の予防には朝起きて空を見て一分間深呼吸をする。朝晩塩を一つまみなめる。ふくらはぎを下から上に向けてタオルで温める）

きゆうにときがしたときは　一〇びよう　かん　はなを　つまんて　いきをとめる（急に動悸がしたときは一〇秒間鼻をつまんで息を止める）

このノートには「ボケ、ガン、心臓の動悸」などに関する予防のことが書き留めてあった。義母はときどき「心臓がドキドキすることがある」と言っていた。何より心配していたのは、自分が義父より先にボケてしまったり病気になって寝たきりになってしまうこと、死んでしまうことだった。身体の不自由な義父が残されてしまったら、といつも怖れていたのだ。（義父は、義母が亡くなった後、介護付老人ホームに入所した。亡くなったのは義母が亡くなってからちょうど一〇ヶ月後の二〇〇九年六月一七日だった。享年八八）

だが私たちは義母に告げていなかったことがある。実は義母は三〇年ほど前、胃がんの手術をしていた。そのとき胃を三分の一ほど切ったが、誰もガンのことは知らせていなかった。術後もずっと胃の具合が悪かったようだが、誰もが「胃潰瘍の手術のせい」と言って本当のことを告げなかった。義母がそのことを知っていたのか、どうか。

さらに別の手帳。義父の父親の名前と日付（これはおそらく命日だと思われる）から始まって、冒頭の数頁に、長男はじめ子どもたちの生年月日の旧暦と生まれた時間が書かれている。その後は白紙になっていたので、最初はざっと見ただけでそのまま閉じてしまった。ところが今回パラパラ頁をめくっていて、手帳の最後の四頁分にハングルで書かれたメモがあることを発見した。最初は何が書かれているのかわからなかった。ハングルで書かれているのに、朝鮮語ではない。一字一字ハングルを読んでいって、ようやく書かれた言葉が日本語だということがわかった。

今回、義母のことを書こうと思い立ったのは、実はこのメモを発見したことが契機となっている。形見としてもらったときは「なんとか字を書く練習をしていたんだ」という、そのことの証を忘れないようにしたいという思いでもらってきただけだった。

ところが今回九年ぶりに引き出しから取り出し改めて読んで見逃していた部分に気づき、そこに「ハヤク　オワリニナリタイ」とまで思い詰めていた義母の心情が記されていることを知って、私は義母の何がわかっていたのだろうか、と愕然とした。そしてそのことを書きたいと思ったのだ。

ところがすぐに挫折してしまい、書き進めることができなくなってしまった。むしろこのメモが一番の壁となってしまったのだ。聞いた言葉ではなく、唯一書き残した言葉というものの重みをどう判断していいかわからないからだ。たまたま残ったのか、あえて残したのか、そのこともわからない。

書かれた日付を見ると、まだ長男夫婦と同居していた時期のものだった。内容をここで詳らかにすることは控えたい。だが義母の書いた文の中で唯一心情を書いたものでもある。そのとき、あまりにつらくて書かずにいられなかったのだと思う。最後の部分を読むと遺書のようだ。

「イツニ　ナッタラ　コウイウ　メンニ　オワリニ　ナルカナ　ワタシハ　コウユウ　ウンメイナノカナ　ハヤク　オワリニシタイ　ムカシノ人ニ　クラベルト　ナガイキダネ　ハヤクオワリニ　ナリタイ」

つらかったことは、きっとここに書いただけではなかったはずだ。書いたことで残ってしまったのだと思う。

いずれにしてもこのことが書かれたのは亡くなるずっと以前のことだったのが何より救いだ。

そして最晩年に書かれたと思われる、封筒に入っていた「手紙」。「永川徳玉」と赤字で表書きされている。中に一枚の「手紙」が入っていた。ボールペンの文字が赤色だったことには何か意味があるのかどうか。「かみさま」への手紙だった。

かみさまおねがいいたしまつ
たからくじがあたりまつようにおねがいしまつ
うんがむきますようにおねがいいたしまつ
かみさまにおねがいおしたいのがありまつ
かみさまおねがいいたしまつ
かない　いっかみんなけんこてありまつように

この「かみさま」への手紙は最晩年のものだ。手紙の末尾に住所と電話番号と名前が書いてあった。

「義母の人生」とは何であったか、やはり私には語れるわけがない。だが私は「義母のこと」なら少しは語れるかもしれない。ある人がロラン・バルトはこんな風に言っていると書いていた。

「愛する者たちを語るということは、彼らが生きたのは（そして……苦しんだのは）《無駄》ではなかったことを証言することです」と。

まさに私もそう思う、そしてそうなることを願っている。

（「踊りの場12」『海峡』28号、2017年）

マサコ叔母さん

　夕暮れの公園は昼間の喧騒をわずかに残して、子どもたちの姿もまばらだった。その公園は古い二棟の高層都営アパートと巨大なスーパーマーケットの中間にあって、買い物帰りの人たちが立ち寄るのにちょうどいい場所につくられたようだ。よちよち歩きの子どもの傍らにはベビーカーと母親らしき人、そしてやはり同じ年頃の親子が一、二組。たそがれというにはまだ少し早いけれど、誰もがそろそろ家に帰ろうか、というそんな時間になっている。公園を横目に眺めながら、私はバス停に向かっていた。夕方の渋滞にはまったらこれから二時間は覚悟しなくてはならない。

　後をついて歩いてくる母に、そう言葉をかけようと振り返ったとき、ざわめいた空気の間をぬって、どこからか、かすかに声が聞こえてくるような気がした。声は公園の上空をふわふわ漂いながら、降りてくるようだ。遠くから呼びかけているその声は、夢の中のできごとのようにも思えて妙に現実感がなかった。

「ヒデミのおかあーさーん！」、耳を澄ますと、なんとなくそう言っているような気もする。私が気づく前からその声は何度も同じ言葉を繰り返していたようだった。

「なんか、声が聞こえない？」

最近耳が遠くなっている母にはまったく聞こえていなかった。

「ヒデミのおかあーさーん！」

まさか、と思いながら、今出てきたばかりの叔母の住むアパートの七階あたりを見上げると、窓際に立つ小さな人影があった。部屋にはもう明かりが入っていたのだろうか、シルエットしか見えないが、人影はマサコ叔母さんに違いなかった。第一、そんなふうに、私の母のことを呼ぶのはマサコ叔母さん以外いない。

「やっぱり叔母さんよ」、窓のあたりを指してあげると、母は立ち止まって手を振った。大きく、何度も何度も手を振り続ける。そのさまはまるで幼い子どものようだ。八三歳の姉と八一歳の妹。

あんなに必死に呼びかけていたというのに、叔母はもう何も言わずに、ただ窓際に立ち尽くすばかりだった。


二人は子どものころから「双子のようだ」とまわりから言われた姉妹だった。性格も生き方もまったく違っていたが、声も体型もそっくりで、歳とってきてからはますます容姿も似てきたようだ。いつだったか、入院しているマサコ叔母さんを見舞いに行った母は病院の廊下を歩いていて、看護師に「あら、もう退院ですか？」と間違えられたこともあった。

めったに会うことはなかったが、二人はいつも心のどこかで互いのことを気遣って、この歳になるまで生きてきたかもしれない。

どんなことにも「始まり」があって「終わり」がある。幼子のように手を振り続ける母を見ていて、ふいに胸が締め付けられるような思いに襲われた。今、この瞬間が二人の最後の別れの場面になってしまうかもしれない、そんな気がしてならなかった。こういうとき、人はどうしたらいいのだろう。このまま立ち続けていれば、少なくとも別れの時間を引き延ばすことはできる。ぼんやりそんなことを考える一方で、私をせかしているのは、さっさとバスに乗らないと帰りが大変だ、なんてことなのだ。

いつまでも手を振り続ける母に私は「もう、行こう」とうながし、窓際の叔母を置き去りにした。

こんなふうにして、かけがえのない瞬間が、バスに乗り遅れるからという、どうでも取り返しのつく日常の現実に飲み込まれていってしまう。

帰りのバスで、窓際にひっそり立ち続けていた叔母のことがずっと心にひっかかっていた。どこか遠い昔、同じ情景の中にいたような気がしてならなかった。

そして古い記憶の中のある場面にたどりついた。計算してみると五五年ほど前のことになる。それは朝鮮に帰国するいとこのヒサコたちの家族を新潟の港で見送ったときの情景だった。あのとき私たちは岸壁で手がちぎれんばかりに振っていた。やがて船は港を発って、少しずつ小さくなっていった。

米粒ぐらいの大きさになったとき、母の長兄が「もう行こう」と言ったのだ。その声で私たちは夢から覚めたような気持ちになって岸壁から離れたのだった。あれ以来私たちは会っていない。

ヒサコの母さんも父さんもずいぶん前に亡くなってしまった。こんな手紙がきていたことがあった。私の母に言わせると「学校の門を一度もくぐったことがなかった」というヒサコの母さんは、何十年も北朝鮮で暮らしてきたというのに、達筆な日本語で「まさか、四〇年以上も会えないままになってしまうとは思ってもみなかった」と認めていたのだ。手紙は祖父が亡くなったときに、その知らせを受けて書かれたものだったような気がする。ヒサコの母さんは新潟の岸壁で別れたまま、両親の死に目にも会うことができなかった。そのヒサコの母さんも亡くなって久しい。

岸壁で聞いた伯父の言葉が今も鮮明に残っている。私は当時六歳ぐらいだったはずだ。

「もう行こう」

あのとき伯父は確かにそう言った。この言葉がなければ誰も岸壁から離れることはできなかったろう。そしてそれぞれの「日常の現実」に帰っていったのだ。

叔母と別れたとき、もう二度と会えないだろうと切なくなったのは、二つの情景が「もう行こう」という言葉で重なり合ったせいなのかもしれない。

七年ほど前に叔父が亡くなってから一人暮らしをしていた叔母はぎりぎりの生活ではあるものの、ケーブルテレビを申し込んで毎日好きな韓国ドラマを見たいだけ見て、油絵を描いて、自分の服はもちろん、時には私の母の分まで作って、マイペースで暮らしているようだった。私の母から見ればそんな妹のことが「うらやましい」ようだった。

だが叔母の気ままに思えた生活は、外側からではなく、叔母自身の内側から少しずつコントロールの効かないものになっていた。

叔母の様子がおかしいということに最初に気づいたのは、叔母の近所に住むいとこの嫁さんだった。一年ほど前から「チャグンコモ、もしかすると認知症かもしれないわよ」という電話が、たびたび私にかかってくるようになっていた。

この姉さんはいとこと結婚してからずっと叔母のことを「チャグンコモ」と呼んでいる。いとこは母の長兄の息子だ。つまりいとこにとってマサコ叔母さんは、父方の女きょうだいになる。朝鮮では、この叔母さんのことを「コモ」あるいは敬称をつけて「コモニム」と呼ぶ。「チャグンコモ」というのは「小さい叔母さん」ということであり、父方の姉妹の妹を指す言葉だ。だが私の場合は、マサコ叔母さんは母方の妹にあたるので、「イモ」あるいは「イモニム」となる。

一人の叔母を指して、いとこたちの間でそれぞれの立場で「コモニム」、「イモニム」となるわけだから、この言葉や慣習を知らない人からすればややこしく面倒なことに見えるかもしれない。とはいえ、呼び名そのものが親族の関係性をそのまま示しているというのは、なじんでしまえばなかなかいいものでもある。呼び名が単に客観的な関係性を表しているからというだけでなく、呼び呼ばれることの中で父方・母方特有の親密性や微妙な距離感を共有できるような気がするからかもしれない。

それでも私は子どものときからずっと「マサコ叔母さん」としか呼んでいない。「イモニム」という言葉を知った後も変わらない。「呼び呼ばれることで共有される親密性や微妙な距離」を私の側から拒否しているような形になっている。これまであまり深く考えてこなかったが、これはいったいどういうことなんだろう。よくわからない。ただ言えることは、私が「子どものときからずっとそう呼んできたから」ということでしかない。亡くなった母の長兄である伯父さんは「根岸のおじさん」だったし、母の弟は「テイジおじさん」あるいは「中野のおじさん」だ。

今さら変えることもないだろう、そんなふうに思っている。マサコ叔母さんにしてもそうだ。私が「ヒデミ」ではなく「スミ」と名乗るようになっても、今も叔母にとって私は子どものときの「ヒデミ」のままだ。私もそのことを受け入れている。どちらで呼ばれようが、この私であることに何の変わりがあるだろう。

今年に入ってから、マサコ叔母さんが出かけたまま迷子になったあげく、交番で保護されパトカーに乗せられてアパートまで帰ってきたというのは三度くらいになっていた。冷蔵庫は買い溜めた食料であふれて扉が閉まらなくなっているというのに、毎日のように同じ食材を買い込んでくるので、奥のものは腐っているなんてことは当たり前になっていた。あるときは「NHKから来た男の人が自分のベッドにいる」ととても怖がり、一晩中台所で震えているということもあった。このとき叔母は内側から玄関のドアチェーンをかけてしまっていて、外からの呼びかけにもまったく応じてくれなかったので、救急車を呼ぶことになってしまったのだが。

「一人暮らしがいつまでできるか」

「まだ大丈夫かもしれないけど、この先のことを今から考えておかなくては……」

「この先」が、すこしでも先に延びてくれれば。最後はいつも祈るような気持ちでいとこの嫁さんからの電話を切っていた。

そんな希望的観測をついに断念しなければならなくなった日がやってきた。ある日この姉さんが叔母のアパートの部屋を訪れると、叔母はハサミを手にして自分の髪の毛を切っていたという。長くなってきた髪の毛を切りそろえるというのでなく、手当たりしだいザクザク刈ってしまっているので、なんとも無残な有様だったらしい。そして何があったのか、「死にたい、ここから飛び降りて死にたい」とただ繰り返すばかりだったという。

もうこれ以上の一人暮らしは無理、というところに来ていた。それでも少し前まではごく普通に会話ができるときもあったのだ。気になるのは電話での叔母のしゃべり方に抑揚がなくなっていることと、何度も同じことを繰り返す気味があったことくらいで、会話が成り立たないというようなことはなかった。だからいとこの嫁さんの話はすんなり受け止めるにはかなり重たい現実だった。

この「事件」が起こる二、三ヶ月ほど前のこと、叔母から電話がかかってきたことがあった。とても切迫したようすで、「銀行のカードが見つからないのよ。家の中のどこを探してもないの」という電話だった。タンスの中とか、バッグとか、いつも置いてあるはずの場所にもない。ないとわかったのは一週間ほど前のことで、それからずっと一睡もできないのだという。「どうしよう……」とただうろたえるばかりなのだ。

「銀行のカードなんて、失くしても作り直せばいいだけなんだから、心配しないで。大丈夫よ」ほとんどパニックに近い状態だった叔母は、作り直すことができると知ってかなりほっとした様子だった。でもとりあえず「私も一緒に探してみましょ」ということになって、次の日、さっそく叔母の家を訪れた。さして広くない二DKのアパートの押入れ、引き出し、カバンを一つずつ取り出し開けてみたが、やはりカードは見つからなかった。「作り直せる」ということを知ったせいなのか、「一週間、一睡もできなかった」という叔母の焦燥感はすっかり消え失せていた。

帰り際、ふと思いついて「写真を撮らせて。オモニにも叔母さんの写真見せてあげたいから」

と言うと、叔母は何も言わずに席を立って、隣の部屋に行き、イヤリングと指輪を身につけてきた。さらに玄関にあった大きなつばの麦わら帽子をかぶってポーズをとってくれた。帽子はどう見ても夏向きのものだったが、お気に入りのものだったのだろう。ほんの軽い気持ちで、写真を撮らせてと言っただけなのに、本格的な「撮影」みたいになってしまったことがなぜかおかしかった。

「じゃあ、撮るわね」そう、声をかけると、その瞬間、叔母はにっこり笑ってくれた。きれいな笑顔だった。

「叔母さん、写真写りがすごくいい！」と思わず言ってしまったほどだった。

マサコ叔母さんは私の知る限り、いつも身だしなみを気遣い、おしゃれな人だったのだ。そんなことがあったばかりだというのに、叔母の中では何かが急激に変わりつつあるようだった。なぜ髪の毛を突然自分の手で切ってしまったのか、なぜ死にたいと言うのか、聞くのが怖くなった。答えを聞けば、私もまたそれに答えなくてはならない、そういうものではないだろうか。私はおそらく叔母に何もしてあげられない。だから私は電話することをやめてしまったのだ。

「チャグンコモは、とても運がいいのよ」

髪の毛を切ってしまったという「事件」があってから一、二ヶ月ぐらい経ったころ、いとこの嫁さんから久しぶりに明るい声で電話があった。半年ほど前にできたばかりの高齢者用の介護施設に一つだけ空きがあって、なんとそこに優先的に入れることになったという。それは宝くじに当たるくらい幸運なことだったが、それだけ叔母の一人暮らしは行政としても放置できないところまで切迫していたのだろう。

叔母も実際に行ってみて気に入っていたようだというので、何よりだった。もちろんそこに行き着くまで、いとこの嫁さんの奮闘があったわけだが。

施設への入居が決まって、アパートの最後の片づけを手伝うことになった。叔母の髪の毛はところどころまだらになっているものの全体に少し伸びてましになっていた。

ふとんをはじめ、基本的なものは全てその施設にあるため、下着や季節ごとの着替えなどごく最小限度のものを持っていけばいいということだった。別の言い方をすれば必要最小限度のものしか持っていけないということでもある。鍋・釜、食器などの台所用品はもちろん、風呂場・洗面所、洗濯機まわりのものは一切合財処分していかなければならない。どれ一つとっても長年にわたって叔母が自ら手に取り、使いやすいもの、気に入ったものを選んで買い求めたものばかりだ。それらを全てゴミにしてしまわなければならない。使いかけの味噌・醤油、ごま油、米はもちろん捨てていくほかないが、毎日使っていた茶碗や箸ですら、何一つ、持っていけないのだ。だから選別ということをほとんどしなくて済むので楽だったとも言える。

叔母は洋裁の心得があるので服はほとんど手作りだ。その服もほとんど処分しないことには施設の収納タンスには到底収まり切れない。叔母はタンスや引き出しから出されて山と積まれた服をチラッとだけ見て、母に「好きなもの持っていっていいから」と言った。それだけ言うと、寝室に行ってしまった。

いとこの嫁さんと私、そして私の母の三人が部屋の荷物を仕分けをしている間、叔母はほとんど口を利かず、うつむき加減で自分のベッドに座り込んで針仕事らしき事をしていて、私たちのほうを見ようとはしなかった。時折「ヒデミ、針に糸を通して」と言われて、そのたびに何度も糸を通してあげるのだが、なぜかすぐに針から糸がはずれてしまう。叔母の手元には壊れかけの眼鏡入れがあって、それをなんとか修繕しようとしているようだった。だが、どう考えても針と糸でどうにかできるようなものでもない。でもそのことに執着し、そして震える手元から何度も糸はスルスルと抜けてしまうのだ。

今やらなくてはならないことから何よりも遠いところにあるその針仕事を一心不乱に一日中、無言でやっていて、食事すらとらなかった。自分のまわりで行われていることに無関心というよりは、見たくないから別の何かをしないではいられないというふうにしか見えなかった。その気持ちもわかるような気がして「針仕事」をやめさせることはできなかった。こういう状況に置かれたら、きっと私も同じことをするだろう、そんな気がした。

これまでの人生で自分が作ってきたもの、残してきたものが、なんのためらいも感傷もなく、事務的に無惨にゴミとして処分されていく。「もの」は単にものでしかない。だがそれらを選択した「自分」があったからこそ、それらとともに作ってきた生活の空間もあったはずだ。「もの」と「自分」は結びつきを持っている。だが今はこういった「もの」をすべて捨てて出ていかなければならない。せめてそれらの「もの」に囲まれていたかったはずだ。

持っていけるものを全部集めて眺めてみると、これから長い旅に出かける人の荷物のようだった。だが叔母は旅行者として出ていくのではない、もうこの部屋に帰ってくることはないのだ。

叔母はしゃべることを忘れてしまったようだった。

私は叔母のことをそれほど知らない。だが叔母に子どもがいなかったせいで、他の親戚のおじ、おばたちよりは直接話したりする機会も多かったように思う。

私がこれまで母から聞いて知っていたのは叔母が洋裁学校に通ったこと。そして叔母が三度結婚したことだ。一度目の結婚、そして二度目の結婚の破綻について、私は叔母に直接聞いたことはないので、軽々しくここで言及することはできない。ただ何も知らない姪っ子として思うことは、もしも子どもが生まれていたら叔母の人生は全く別のものになっただろうということは言えるかもしれない。叔母は、後継ぎを持つことのできないのは先祖に対する大きな不孝であり、子どもを産むことのできない女には価値がないと思われてきた時代に生きてきた。たとえ本人が別の価値観を持とうとしても、まわりは常にその目線で叔母を見ることをやめなかったように思う。

叔母は叔父とともにいろいろな商売をしてきて、一時期縫製工場を営んでいたこともあった。洋裁学校を出た人が誰もそうなのか知らないが、叔母は自分の型紙を持っていて、気に入った生地を見つけるとその型紙に合わせて裁断し、サッと服を作っていた。叔母が最後まで手元に残していたミシンは家庭用のものではなく縫製工場で使う工業用のミシンでもあり、さすがは洋裁学校を出ただけあると、母はいつも感心していた。だから叔母の「針仕事」は単なる針仕事というようなものではないのだ。叔母のこれまでの人生におけるプライドにもかかわる大事なことだったのではないか。

この日、マサコ叔母さんが自らしゃべったのは二つだけ。「ヒデミ、針に糸を通して」。そして母に「冷蔵庫にスイカあるから、持って帰って」という言葉。

前日、「一人で何も言わずに出かけちゃダメよ」といとこの嫁さんに言われていたにもかかわらず、すっといなくなってしまったということがあったということを後から聞いた。叔母は私の母に持たせたいという思いでだまって出かけ、まだ季節には少し早いスイカを買ってきていた。叔母が生活してきた地元で、いつもの八百屋さんで自分の財布からお金を出して買ったのは、姉の好物のスイカだった。これがおそらく叔母の最後の買い物になることだろう。

「同じ言葉を繰り返す」という認知症の典型症状そのままに、叔母は時折思い出したように母に「冷蔵庫にスイカあるから、持って帰って」と抑揚のない言葉で何度も言う。認知症という病気によっても失われないのは、この姉に対する思いなのだろう。

片付けの最中、小さなアルバムが出てきた。これまでの叔母の八一年の人生を思うと驚くほど小さなアルバムで、写真の数もかなり少ないように思えた。だいぶ前から何かのたびに処分してきてしまったのだろう。

一番古い写真は「大阪朝鮮中学校１９４９年 March」となっているもので、校舎の前に子どもたちと教員が並んで写っているものだった。叔母がどこにいるのかすぐにわかった。セミロングの髪の毛を縦ロールにカールし、セーラー服を着てにっこり笑っている。卒業のときの写真らしかった。

叔母が戦後すぐにできた民族学校を出ていたということは今回この写真を見て初めて知った。一九四五年八月一五日の日本敗戦当時、叔母は一〇歳だった。民族学校は植民地からの解放、そして故国への帰国に燃えた一世の親たちの手によって建てられたものだ。解放当時、祖国への帰国を前にして親たちは愕然としたはずだ。目の前には日本語しかしゃべれない子どもがいる現実に対して。だから帰国までのわずかの間でも子どもたちにこれまで奪われてきた民族の教育をさせたいというのは何より強い思いだったに違いない。

そして子どもたちはどうだったろう。植民地時代に生まれた朝鮮の子らは日本の学校で、自分たちの居場所でないところに置かれて、日本人らしく振る舞うことで居ることを許されるというのは窮屈で堪らなかったのではないだろうか。民族学校は生まれて初めて出会う「ウリハッキョ（自分たちの学校）」だ。

叔母がその民族学校で学ぶことのできた時代の子どもだったことを私は何一つ聞かされていなかった。

叔母の人生にとってその時代の思い出はとるに足らないことだったのだろうか。それともその後の叔母の人生はあまりにも過酷で、民族学校の思い出なんか記憶の片隅に追いやられてしまったとでもいうのだろうか。

だが、あまりにも限られた少ない写真のなかに残された一枚だったことは何を意味するのだろう。

叔母の八一年の人生のうち、本名を名乗って生きた年月はこの民族学校の数年間だけだったのではないだろうか。パスポート以外、生活の場面では叔母はずっと日本名だ。日本で商売をし、生きていくのはそうする以外ないと思っていたようだ。

叔母はもう当たり前のようにそう思っていたように見えたが、本当のところはどうだったのだろうか。叔母の朝鮮中学校時代の写真を見てしまってから、私のなかで疑問が生じた。あの笑顔、くったくのない笑顔。あの笑顔は私が部屋で撮ってあげたあの笑顔とまったく同じ表情だったのだ。アルバムの他のどんなときの写真にもあの笑顔はなかった。

この日、帰り際玄関で、叔母にふたたび「スイカ持っていって」と声をかけられた。私たちは何度も叔母に言われていたのにスイカのことをすっかり忘れていた。両手には大きな荷物を抱えていて、これ以上何か持つ余裕はなかった、ましてスイカとなると……。叔母には「荷物がたくさんあるから、持っていけないの」とだけ答え、そのままエレベーターに乗ってしまった。だから「ヒデミのおかあーさーん！」の呼びかけは、おそらくスイカのことだったのだろう。

それとも帰っていく時に、叔母は姉に何か他のことも伝えたかったのだろうか。私たちはその言葉を聞きそびれてしまった。それが何であったのか、もう今では確かめることはできない。

今度新たな場所で出会うとき、叔母は私たちのことを覚えているだろうか。自分の姉を覚えているだろうか。

（「踊りの場11」『海峡』27号、２０１６年）

父と母のいる場所

何度もくり返し鮮明に現れる情景というのがある。最寄駅の改札を出てすぐのところにある小さなベンチ。ある日の会社帰り、ふとそこに目をやると疲れた様子の母が座っていた。私に気づいた母は微かにほほえんだ。また別の日、家に向かう路地裏をゆっくりゆっくり歩いていく父の後ろ姿。文字にしてしまえばただそれだけのこと。

毎日のように通り過ぎる二つの場所でそれぞれの情景の中にいる母と父。両親が亡くなってからだいぶ時間が経つというのに、いや、ふたりがまだ健在だったころからくり返し現れていた。いったい、いつまでこの情景は私のなかに居続けるのか。この記憶に何か意味があるのだろうか、わからない。でも私が今何よりも書いてみたいと思うのはおそらく両親のことについてなのだ。

父が亡くなったのが二〇一八年一二月だから、おそらくその前年かさらにその前年の秋あたりのこと。父は自宅で転倒して動けなくなり救急車で運ばれた。病院での診察の結果、大腿骨を骨折していたことがわかった。幸い手術は成功し、その後リハビリのために転院した。いろいろな病院に入院することがあったが、父は社交的な人でどこの病院でも看護師からの受けがよくて人気者だった。リハビリ病院では毎日リハビリに励む優等生になって順調に退院することができた。

実は自宅で転倒する数日前にこんなことがあった。

その日、私は吉祥寺からバスに乗って帰ろうとしたとき、夕食のおかずのことを思いついた。それで「メンチでも買っていこう」と人気の肉店に寄ってみることにしたのだ。いわゆる「行列のできる店」なので並ぶのは覚悟だ。長い列の最後をたどっていくと、なんとその列に父が並んでいた。父も同じことを考えていたみたいだ。一緒に並んでメンチを買ってバス停に向かったが、そのままバスに乗るというのもつまらないので、「お茶でもしてく?」と聞いた。父の答えはわかっている。「そうするか」ということになった。

それほど頻繁ではないものの、父とお茶するのはよくあることだった。どんなことを話すというのでもなく、そんなふうな時間を持つのが好きだった。

コーヒーを二つ頼んでチョコケーキを一つ。ケーキは半分に分けて食べた。そのときふと思ったのだ。「あと何回、こんなふうにして一緒に過ごすことができるだろうか」と。

結局この日が父と外でお茶をした最後となってしまったのだった。

退院後、杖をたよりに歩けるようになったものの、日々歩みは遅くなっていったように思う。

ある日の夕暮れ。駅から自宅へ向かう住宅街の細い道を歩いていたときのことだ。交差点を挟んで二〇～三〇メートルほど前方に父の後ろ姿が見えた。ゆっくりゆっくり杖を頼りに歩く父の背だった。

いつもの私であれば、急いで父を追いかけ一緒に家に向かうところなのだが、その日はなぜか父の背を追うことができなかった。

あんまりゆっくり歩く父のことがショックだった。声をかけて一緒に家に向かおうとすると無理させるかもしれないとも思った。そしてふと浮かんだ疑問。家に向かう道がいつもと違っているような気がした。「この道は遠回りじゃない？」いつもだったらそんな風に気軽に話しかけていたはずだ。

いろんな思いや疑問が瞬時に駆け抜けたが、結局、一言も声をかけずに、私は交差点を右に折れて（いつもの帰り道だ）そのまま家に帰った。父はこの日だいぶ遅れて帰ってきた。

この日の父の背はさびしげで何かを拒絶しているように見えたような気がする。

父はその後、持病を悪化させて別の病院に入院することになった。

父には聞き書きということで以前何度か聞いて書いてもきたが、本人は私がまとめた文章とは異なる「風景」を見ていたのかもしれないと思うことがある。亡くなる数ヶ月前の病院で、何か記録を残したそうにしているのを見て、「ポメラ」というポータブルなデジタルメモ機器を貸してあげることにした。ローマ字入力ではあるが、なんとか使いこなせるような気がした。入力方法を教え、「タイトルをつけておいたほうがいいかも」と言うと、父はずっと以前から心を占めていた言葉があったようで「kyousyuu」と、迷わず入れていた。「郷愁」という言葉だった。

父が入院先の病院で亡くなってから所持品の荷物を整理していたときに、ポメラが出てきた。開いてみると、「郷愁」のあとに続く言葉は、何も書かれないままだった。

駅前のベンチに腰かける母を見かけたことがあった。晩年、母は歩くのがかなりつらくなってきているようだった。普通に歩いて一〇分ぐらいの駅までの道のりを休みやすみ一時間以上かけて買い物に出かけ、ようやく駅についたところで駅のロータリーにあるベンチで一休みという具合だった。そんなある日、仕事帰りの私はベンチで休む母に遭遇した。ほんの一息ついている、というよりも「ようやくたどり着いた」とでもいう風にぐったりしている母の姿に胸がつまった。いつの間にか母はそんなにも年老いていたのだった。ショッピングカートを押してあげて一緒に家に帰ろうとすると、母は「先に行っていて」と言った。私の足にはとうていついていけないからと。

晩年、両親は長女夫婦である私の家に同居することになり亡くなるまでの十数年生活を共にしていたが、私は毎日ふたりのことを見ているようで、何も見てこなかったことを思い知らされた。

母の願い

　母が亡くなってから三年。二〇二一年七月、この年の夏も暑く、さらにコロナ感染の緊急事態宣言のさなかだった。

　母はリビングのテーブルに置かれた桔梗の花びらにさわって「これほんものなの？」と私に聞いた。桔梗の濃い紫色があまりにもあざやかに美しく見事で、作り物のように見えたらしい。耳が遠くなり、目もよく見えなくなっていてこのところ沈みがちだった母の久しぶりの明るい笑顔だった。私はめったに花を買うことはないのだが、たまたま通りすがりの花屋で桔梗の小さな鉢を見かけ、そのみずみずしい青紫に惹かれて買ってきたものだった。変な話だが母は人並み以上に花も緑も好きであるにもかかわらず、「母の日」に花を贈られるというのをひどく嫌っていた。カーネーションという花が好きでないというのもあるが、花束なんて贅沢だという意識が強くて子どもにそういう無駄な出費をさせるのがイヤだったのだろう。一度弟が「母の日」に花を贈って母を怒らせたことがあり、以来きょうだいの間で母に花を贈るのはタブーとなっていた。

　そんなこともあって私は母が桔梗の花を喜んでくれたのがとてもうれしかった。久しぶりに母とはずんだ会話をし、話の終わり際に、百円ショップで買ってきてほしいものを頼まれた。割り箸と塵取り。ついでのときでいいからと言っていた。

その後、母はいつも通り、風呂に入り、寝室で休んだ。

次の日の昼近く、買い物を済ませた私は布団で横になっている母に声をかけた。このとき母はぐっすり寝込んでいるみたいで返事がなかった。数分待った後、何かいつもと違うような気がしたように思う。嫌な予感がして母の枕元に近寄ってみると、息をしていないことがわかった。このときの母はおだやかな寝顔をしていて本当に眠っているようだった。

普段病院にほとんどかかっていなかった母にはかかりつけの医師がいない。やむなく救急車を呼ぶことにした。救急車が到着するまでの時間、私は母に「よかったね、望み通りに死ぬことができて……」と何度も語りかけた。晩年母はよく「ぽっくり死にたい」と言っていたのだ。母の母親――祖母が死んだときもまさにそんな風で、病院にかかることもなく、ある日トイレから出てきていきなり倒れ、すぐに布団に寝かされたが、枕もとに駆け付けた長男らに「きょうだい仲良く……」とだけ一言いってそのまま亡くなった。そんな祖母の死に方は母方の年寄りたちの誰もが羨む見本のようになっていた。母もまた自分の母親のようにまわりに迷惑をかけず、自分も苦しむことなくぽっくり逝きたいと願っていた。

あまりに何度もそのことを聞かされて私は「願ってもなかなか思い通りにはいかないものよ」と答えていたが、家族思いでお人好し、自分のための贅沢など決してしなかった母のこんなささやかな願いぐらいかなえられないものかと思っていた。

母には聞いておかなければならないことがたくさんあるのに、何一つまともに聞いていていなかった。聞こうと思えばいくらでも機会はあった。いつでも聞けると思って、その「いつ」はずっと先送りになってしまった。

何度か母に尋ねたことはあった。「昔の話を聞かせて」と聞いてもそのたびに決まって「話して聞かせるようなことなんかないわよ」と母は答えるのだった。振り返ったとしても人に話して聞かせるような人生じゃなかったし、何の価値もないものだから、とでもいうような口振りだった。母から聞いたのは母以外の人のことばかりだった。

私自身の子どものときのことを思いだそうとすると、いつも真っ先に浮かんでくる光景がある。小学校の三年か四年生の夏の午後。母は先ほどからアイロンかけをずっとしている。取り込んだばかりの洗濯物は白い小さな山のようになって母のかたわらに積まれていた。当時喫茶店を経営していたお店の椅子カバーやら家族のシーツやら。

母の額も首も胸元からも汗が噴き出してぬぐってもぬぐってもぽたぽた流れているほどなのに、なぜかさわやかな空気と光があふれている。

当時の洗濯はそれ以前と比べてだいぶ楽になったと言っていたが、洗濯機も初期型でかなり手間も労力もいるものだったに違いない。

私は畳に寝そべって母のアイロンかけをただぼんやり見ているだけなのだが、なぜかとても幸せな気分に包まれていた。

母はひと仕事を終えて「ああ気持ちいい」とつぶやく。母の顔は明るく、満ち足りたという表情をしていた。まだ三〇代の母。なんと若々しく美しい母だったろう。

そしてこのなんでもない光景が子どもの頃の記憶として鮮明に今も残った。まるで幸せだった子どもの頃の私を象徴するものでもあるかのように。

私はそんな母を見つつも、どこかで「シーツなんてすぐにくしゃくしゃになってまた洗濯しなくちゃならない。掃除だって、ご飯のしたくもそう、終わりがない。家の仕事はそんなことばかり……」と感じていた。


私は大きくなるにつれ、母のように生きたくないと思うようになっていった。家事に費やす情熱とエネルギー、時間は空しく、価値のないものに思えてならなかったからだ。

いつしか「女は損だ」と思うようになった。女はただ女に生まれたというだけで自分ではどうすることもできないことに支配されてしまうことが窮屈でならなかったし、理不尽だと思った。この日本で朝鮮人として生まれてきたことも同じだった。

私は一見素直で「いい子」だったので、母とぶつかるようなことはなかったが、母は私のことを理解できない、自分とは異質な存在だと感じていたような気がする。

そのことを母と話した覚えがないが、母はきっと感じていただろう。

私は三〇代の半ば腰痛を煩って、一ヶ月ほど入院したことがあった。当時子どもはまだ小学校の低学年だったが、ひどい腰痛で家事もまともにできなくなっていた。腰痛の原因がわからないのでこの先どうなるのか不安だった。幸いなことに知り合いを通じて病院を紹介してもらって療養することになったが、そのためには長く家を空けなければならない。とりあえずは夫に子どもの世話などを頼む他なかったが、母にもたびたび来てもらって家の中のことを見てもらわなければならなかった。実家からは電車を乗り継いで片道一時間あまり、母は当時五〇代後半だったが大変だったにちがいない。食事の準備やら掃除洗濯をしてもらうことになったが、私は当然のように母にしてもらっていたような気がする。

そして一ヶ月後、退院して家に帰ってきたときのことだ。アパートの玄関の扉を開けると部屋の空気が以前とは違っていることにまず驚いた。部屋の隅々まで掃除が行き届き、布団類も洗濯されしっかり干されて陽の匂いがした。母によって整えられた部屋にぼう然と立ちつくしたとき、すべてがリセットされたような心持ちになった。

母の仕事――きれいに整えてもすぐに乱され汚されていってしまう――その一見空しく見えてしまう仕事には大きな意味があったということに、このときはじめて気づいたのだと思う。

母にそのことを話さなかった。なんだか今さらと思ってしまったのか。母の献身、家族への思いというものは決して空しいものではなかった、日々の生活に潤いを与えてくれていたのだ。それは目に見えないし、言葉にすらできないささやかなものだったが、かけがえのないものだった、そのことに気づいたのだと母に結局一度も伝えないままだった。

父の後ろ姿

両親は若くして結婚し、日本橋で喫茶店を経営するようになっていたが、それは父の望んだ生き方だったろうか。

まだ幼かった私に父はその思いを語ることはなかったが、父が時折口にする「いつか祖国に帰る」という言葉が私の中に住みつくようになった。「だからお前は、そのときのために祖国に役立つ勉強をしなければならない」のだと。

私には「祖国」のことも、そこへ「帰る」ことの意味もまったく理解できなかったが、日本に生まれた朝鮮人の私が生きることの意味を与えてくれる光となってくれたことは確かだ。

父と母はこの部分では折り合っていなかったように思う。二人は若い時分よく喧嘩をしていたが、たぶん根底にはこのことがあったのだと思う。父はどんな仕事でも手を抜くことなく誠実に励んでいたように見えたが、どこかで「いつか、ここから出ていく」と思っていたし、母はもっと貪欲になって商売に成功してほしいと願っていたのだ。

価値観を共有できない二人の喧嘩はかなり深刻なものだった。そのたびに家の空気はピリピリと張りつめ、幼い子どもにとっては世界が今にも壊れてしまうような恐怖をもたらした。

結婚というのは子どもに苦しみを生じさせるものだと思うようになり、私は大人になっても結婚は絶対にしないと心に誓っていたことを覚えている。

父の「帰国」への思いが次第に変化していったのは、いつ頃のことだったのだろうか。そのことは聞きそびれてしまった。

息子が三、四歳のときだから一九八五年ぐらいの頃のことだったか。父に「昔のことで一番記憶に残る楽しかったことはなんだった？」と聞くと、「若いころに教員をしていたときがあってね、収入なんて全然なかったけれど、あの頃が一番楽しかったかな」と話してくれた。父は大阪で生まれた二世の朝鮮人だったが、中学を終えたときに日本が敗戦、次の年に家族と共に釜山に帰った。そして釜山で高校生活を終えて大学への準備をしていた一九四九年頃、また一人で日本に戻ってきていた。おそらくそのまま韓国にいたとしたら大学どころではなかったと思う。島根にいた親戚を頼って日本で大学に入ろうとしていたらしい。そんなことをその人に言うと「こんなに祖国が大変な時期に、何を考えているのだ」と説教をされたという。その人に諭されて二〇歳前後だった父は当時活発だった朝連（在日本朝鮮人連盟）の活動を手伝うことになり、出立したばかりの朝鮮人学校の教員となって子どもたちを教えることになった。経験はまったくなかったものの、尊敬できる先輩の先生にも出会い、自分たちの手で教材を作ったりもしたそうだ。同胞たちはしばしば食材を持ち寄ってくれて校庭で焼肉をしたこともあったという。苦労もあったが、その頃が一番懐かしく思い出に残る日々だったという。しかしその民族学校はまもなく強制弾圧を受けて、父は東京の浅草にやってくることになったのだった。浅草には同郷の済州島出身者が多くいた。そこで両親は出会った。恋愛結婚だったと聞いている。見合いがほとんどだった世代だったが、母の「一目惚れ」だったらしい。確かに父は格好いい人だった。

私が生まれたとき父は二四歳、母は二一歳だった。私が一九五四年の一月二日に生まれたことから逆算すると結婚式が一〇月だったということなので、五二年一〇月に結婚したことになる。このとき父は二二歳、母は一九歳。祖国では朝鮮戦争のさなかだった。

昔の素人写真というのは小さいものなのか。父のカメラで撮ったと思われる昔の写真のいくつかは名刺をさらに小さくしたようなサイズのものが多い。その中の一枚に薄暗いアパートの一室で壁の前にちょこんと並んだ木馬と小さな私。

子どもの頃に母から聞かされた話では、木馬は浅草の松屋デパートのおもちゃ売り場で一番値の張ったものだったらしい。一歳になろうという娘のために父が年末の給料のほとんどをはたいて買ってきたものだったという。

この木馬がその後何年か、両親の喧嘩の種になっていた。母の言い分は明確だ。なんの見通しもない不安定な生活の中で、しかも年末だというのに、有り金をはたいて子どものおもちゃを買ってしまう神経が理解できないというしごく真っ当なもの。それに対して父はなんと答えていたのだろうか。

母は自分のことはほとんど語ってくれなかったが父の話はよくしてくれたように思う。ほとんどがいかに私が父に愛されたかということなのだが、どれもユーモアに満ちている。「木馬」のことにしても母からすれば腹立たしいことだが、年を経るにつれて（そして生活も少しは安定するにつれ）、「それほどあんたは愛されていたのよ」ということを証明するエピソードの一つへと変わっていった。

あるいはこんな話。二人が所帯を初めて持った浅草の「三軒長屋」の住まい。生まれたばかりの私は病弱で病院通いが絶えなかった。母の言葉を借りるなら「病院に行って診てもらったら、その病院の待合室でまた風邪をもらってくるような……」という子どもだった。

あるとき、なかなか熱が引かないことに不審を抱いた父は往診をしてもらう以外ないと思った。それも当時で最高の小児科の医師に診てもらわなければならないと。それで「聖路加病院の小児科」の医師に往診にきてもらおうということになった。父はその情報をどこから得てきたのか、直接聞いていないので事実とは異なるかもしれないが、英語が堪能だった父は米兵から情報を得ていたのではないかと思う。父が結核になったときもGHQからの横流しのストマイ（ストレプトマイシン）を手に入れて助かったらしいから。

聖路加病院の沿革を調べてみると、一九〇〇年にランドルフ・B・トイスラーが米国聖公会宣教医師として来日。次の年に聖路加病院創立、初代院長となった。一九二三年の関東大震災時には病院建物が崩壊したものの、被災者たちの救護に献身。その後火災などあったが三三年にはロックフェラー財団から多額の寄付を受け、聖路加メディカルセンターが三六年に設置された。四一年の日米開戦後は財団法人大東亜医道院に改称。一九四五年の日本敗戦とともに病院と学校がＧＨＱに接収されて、財団法人聖路加国際病院に改称。ＧＨＱ占領後（一九四五〜五二）の五三年、五六年に建物接収が解除、返還……。とある。

さて「聖路加病院の小児科」医師の往診の時期だが、おそらく一九五五年から五六年あたりだと思われる。接収と解除の混乱とＧＨＱの名残りをまだ濃く残した頃のようでもある。

ここからの状況を想像しただけでもコメディーになる。

浅草の貧しい朝鮮人ばかりの住む「三軒長屋」。

当時、医師が往診をするというのはそれほどめずらしいことではなかったと思う。だが聖路加病院の医師が往診をするというのはかなり特別なことだったようだ。もちろん一般の人への往診はなかったし、ましてや朝鮮人だ。彼らに往診をしてもらえるのは「特別の人」だったという。「皇族」とか、要人とか、まあ言ってしまえば「ハイクラス」の人々。そんなことを医師についてきた看護師がつぶやいていたと母は言っていた。

父と病院、あるいはその医師との間にどんなやりとりがあったのか、私は知らない。ただ必死だった父の訴えが相手に通じたことになる。りっぱな車に乗り黒い皮鞄を持たせたふたりの看護師を従えて、その医師は、「三軒長屋」を訪れ、診察をしてくれたそうだ。

看護師たちだってびっくりしたろうが、母だって驚いていたのだ。残念なことにというか、幸いなことにというか、医師の診立ては「風邪です」ということだったのだが。

母はこのことを語る度に、「朝鮮人の三軒長屋」と「二人の看護婦を従えた医師」の対比のことを思い出しては笑っていた。

息子がまだ幼かったころ、私は母に教えられたこの父のエピソードのことを何度か思い返すことがあった。熱がなかなか冷めない息子を見やりながら、私はいざとなった時に父のようになりふり構わず助けて欲しいと行動することができるだろうか、と思った。幸いそんな場面には遭遇することはなかったが、私は父のようになれないことは知っていたような気がする。

父は雨上がりの足元の悪い中を近所のスーパーにでかけてエレベーターのところで転倒、救急車で病院に運ばれたことがあった。私は病院から呼び出されて救急処置室の前で待たされた。廊下で待たされているとき、父の痛みを訴える声が聞こえてきたが、担当の医師はなぜか、痛みの訴えが大袈裟だというふうに対応している様子だった。このときは単なる打撲と診断され、すぐに家に帰されてしまった。ところが二、三日家で様子を見たものの、痛みは次第にひどくなってきて、動くこともままならないようになりついには救急車で同じ病院に運ばれることになった。再び診てもらったところ、背骨の一部が骨折していることが判明した。「単なる打撲」ではなかったのだ。これは明らかに誤診である。最初にきちんと診察してもらえれば何日も痛みで苦しむこともなかったはずだ。

このとき私は医師に抗議をしなかった。抗議したからといって父の痛みがなくなるわけでもなかったが……。

でも父が私の立場であったなら、きっと医師を責めたにちがいない。そう思う。


幼かった私を「結婚は絶対したくない」とまで思いこませた両親は歳月を重ねていくにつれ、仲の良い老夫婦となっていった。言い争うことはほとんどなくなった。お互いに理解しあうようになったからという風には見えなかった。いつのころからか、そもそも「お互い違う人間だ」と納得したのではないか。言葉でも感情でも決して相手を変えることはできないのだと。

お互い面と向き合って対立するよりも同じ方向を見て語り合うという風にシフトするようになっていったように思う。おだやかに年老いていく晩年の両親とともに暮らせたのは、本当に幸運なことだった。


最近、くり返し現れる情景を見ても以前のような切なさや締め付けられるような思いというのがなくなりつつある。むしろそれぞれの情景の中にいる母や父が懐かしく思えてならない。

いつまでもそこに居続けて欲しいと願う私がいる。


（「踊りの場13」『海峡』31号、2024年）

あとがき

本書は主に同人誌『海峡』（社会評論社）にほぼ四〇年近く連載してきた「踊りの場」を再編集してまとめたものである。『海峡』は二、三年に一度の刊行ということもあって時間だけは多く重ねたものの、連載の数そのものは多くない。

今回、全体を読み返してみると大きく三つに分けられることに気づいた。Ⅰはまだ幼かった息子に宛てて書いたもの（いまはその息子も四〇を越え、小学生の娘を持つ親となっている）、Ⅱは私自身の自分史、Ⅲは祖母たちをはじめ身近な人びとのこと……。

エッセイを書くにいたった動機というのを思い返してみると、当時まだ幼かった息子をどう守っていくのか、守り切れるのかという不安が根底にあったことがあげられる。不安はいつだって私につきまとっていた。だがそこに留まって不安がっている余裕はなかったのである。子どもの日々の成長にせかされるように、命に対する責任を負わなくてはならないと覚悟していく過程が、このエッセイに少しは反映されているだろうか。

外界に対して全く無力な存在に対して私ができることは何なのか。そしてたどり着いたのが、「記録を残す」ということだった。将来息子もまた「自分は何者か？」と問うときがくるにちがいない。そのとき私が生きていれば何かは伝えられるかもしれない。だがそのとき私は生きているかどうか、わからないではないか。だとしたら、活字にして残してあげれば多少の手がかりにしてもらえるだろう……、そんなことである。

長年の間にさまざまなことが激変してきたともいえるが、不思議なことに私の周りの在日朝鮮人をめぐる状況は何年経っても同じところをぐるぐる回っているような気もする。本文中にこんな箇所がある。

やがてヨンチョルも成長し、この文章を読む日もくるであろう。そのとき、不思議な顔をして、

「へえ、昔はこんなことがあったの？」

と言ってくれないだろうか。

朝鮮人が朝鮮人として生きられる、それがあたり前だという社会に生きて欲しいと願っているのである。


さて、あれから四〇年近く経ってしまった。もうすっかり「昔のこと」になったのか、どうか。昨今のヘイト・スピーチ、ヘイト・クライムのすさまじさを思うとき、暗澹たる思いがする。

今年六歳になる孫娘にとって私はどうやら「遊び相手」のようである。それでわが家を訪れるたびに、近所の公園、図書館と普段私があまり足を踏み入れない領域にどんどん連れ出してくれている。公園ですべり台のてっぺんに上った彼女は、得意げな声で私に呼びかける。

「ハルモニ（お祖母ちゃん）！」

しかも大きな声でしっかりと「ハ、ル、モ、ニ！」と呼びかけるのだ。

私は答えながら、屈託のない彼女の笑顔がいつまでも続くようにと願わずにはいられない。

かつて私は、息子が二、三歳の頃「オンマ（おかあちゃん）」と街中で呼ばれる度に、さっと廻りを確認しないではいられなかった。

残念なことにあのときの緊張感からいまだ解き放たれることのない私がいる。

いつか「昔のこと」になる日を願って、いや「昔のこと」にしていくために今を生きていくほかないのだが。


本書を刊行するにあたって多くの人の支えとご助言をいただいた。童話作家・尹正淑さんのご指摘により連載時の誤認を今回改めることができた。また挿画・題字を快く引き受けて下さった朴民宜さんには、なんとも素敵な絵を描いていただいた。ありがとうございました。

また『海峡』同人の皆さんには長年にわたってアドバイスをいただいた。そして私を同人にお誘いいただいた故・小沢有作先生には感謝してもしきれない。

フェミニストカウンセラー・河野貴代美さんには『やわらかいフェミニズム』（三一書房）などで編集を担当したが、その後は幾編か私の書いたものを読んでくださって、そのたびに力強いエールをいただいた。
最後になるが、弊社代表の小番伊佐夫氏には大変お世話になった。
これまで出会ってくださったすべての方たちに改めて感謝いたします。

二〇二四年一一月二二日

高秀美

◉ 著者プロフィール

高秀美（コ・スミ）
1954年東京生まれ。在日朝鮮人3世。編集者。
『100人の在日コリアン』（良知会編、三五館、1997年）、『在日一世の記憶』（集英社新書、2008年）、『在日二世の記憶』（集英社新書、2016年）など、主に在日朝鮮人の証言集のインタビュー・編集に関わる。共著として『韓国併合100年の現在』（東方出版、2010年）。他に同人誌『海峡』（朝鮮問題研究会、社会評論社）に随筆「踊りの場」を連載。

踊りの場

2024年12月25日　第1版 第1刷発行
著　者—— 高秀美 ⓒ 2024年
発行者—— 小番 伊佐夫
カバー絵、題字—— 朴民宜
装丁組版— Salt Peanuts
印刷製本— 中央精版印刷
発行所—— 株式会社 三一書房
〒101-0051
東京都千代田区神田神保町３－１－６
☎ 03-6268-9714
振替 00190-3-708251
Mail: info@31shobo.com
URL: https://31shobo.com/

ISBN978-4-380-24007-2　C0095　Printed in Japan